Emil Sinclair war der Deckname Hermann Hesses, unter dem im Ersten Weltkrieg einige seiner ungemütlichsten Appelle, Aufsätze und Erzählungen gegen den Krieg veröffentlicht wurden. Ein solches Pseudonym war notwendig geworden, als man Hesse 1917 androhte, die Mittel für seine vom Deutschen Roten Kreuz unterstützte Kriegsgefangenenfürsorge einzustellen, wenn er weiterhin in den Medien den Sinn der deutschen Kriegsführung in Frage stelle. Unter diesem Pseudonym hat er 1919 auch seinen Roman *Demian* veröffentlicht. 1923, fünf Jahre nach Kriegsende, legte Hesse diese und andere der damals entstandenen Erzählungen und Aufzeichnungen in einer bibliophilen Luxusausgabe von 1100 Exemplaren erstmals in Buchform vor.

Hermann Hesse, am 2. Juli 1877 in Calw/Württemberg als Sohn eines baltendeutschen Missionars und der Tochter eines schwäbischen Indologen geboren, 1946 ausgezeichnet mit dem Nobelpreis für Literatur, ist am 9. August 1962 in Montagnola bei Lugano gestorben.

Seine Romane, Erzählungen, Betrachtungen, Gedichte, politischen, literatur- und kulturkritischen Schriften sind inzwischen in einer Gesamtauflage von mehr als 100 Millionen Exemplaren in aller Welt verbreitet und haben ihn zum meistgelesenen europäischen Autor seiner Generation in den USA, in Japan und Südkorea gemacht.

insel taschenbuch 2713

Hermann Hesse

Sinclairs Notizbuch

Hesse
19

Hermann Hesse

Sinclairs Notizbuch

Erzählungen und Betrachtungen

Mit Aquarellen des Verfassers

Insel Verlag

insel taschenbuch 2713
Erste Auflage 2000
Insel Verlag Frankfurt am Main und Leipzig
Der Abdruck der Texte von Hermann Hesse erfolgt
mit freundlicher Genehmigung
des Suhrkamp Verlages Frankfurt am Main

Vertrieb durch den Suhrkamp Taschenbuch Verlag
Umschlag nach Entwürfen von Willy Fleckhaus
Druck: Konkordia, Bühl
Printed in Germany

1 2 3 4 5 6 - 05 04 03 02 01 00

Inhalt

Vorwort

Die Aufsätze und Dichtungen dieses kleinen Buches sind in den Jahren 1917 bis 1920 geschrieben, und die Mehrzahl von ihnen ist damals in Zeitungen und Zeitschriften unter dem Pseudonym Emil Sinclair erschienen, demselben Pseudonym, unter welchem ich damals den Roman »Demian« erscheinen ließ. Sie gehören innerlich zusammen. Ihre Ergänzung finden sie in meinen beiden Schriften »Zarathustras Wiederkehr« und »Blick ins Chaos«.

Montagnola, Sommer 1922

Aus dem Vorwort zur Neuausgabe von 1962

Sinclair war das Pseudonym, das ich einst, in der bittersten Prüfungszeit meines Lebens, für einige meiner Aufsätze während des Krieges von 1914 und dann für den »Demian« gewählt hatte, nicht ohne dabei an Hölderlins Freund und Gönner in Homburg zu denken, dessen Name mir seit frühester Jugend teuer war und einen heimlichen Klangzauber besaß. Und unter dem Zeichen »Sinclair« steht für mich heute noch jene brennende Epoche, das Hinsterben einer schönen und unwiederbringlichen Welt, das erst schmerzliche, dann innig bejahte Erwachen zu einem neuen Verstehen von Welt und Wirklichkeit, das Aufblitzen einer Einsicht in die Einheit im Zeichen der Polarität, des Zusammenfallens der Gegensätze, wie es vor tausend Jahren die Meister des ZEN in China auf magische Formeln zu bringen versucht haben.

Montagnola, im April 1962

Im Jahre 1920

Seit meiner Jugend hatte ich die Gewohnheit, von Zeit zu Zeit zu verschwinden und zur Erfrischung in andere Welten unterzutauchen; man pflegte mich dann zu suchen und nach einiger Zeit als vermißt auszuschreiben, und wenn ich schließlich wiederkam, so war es mir stets ein Vergnügen, die Urteile der sogenannten Wissenschaft über mich und meine »Abwesenheits«- oder Dämmerzustände anzuhören. Während ich nichts anderes tat als das, was meiner Natur selbstverständlich war und was früher oder später die meisten Menschen werden tun können, wurde ich von diesen seltsamen Menschen für eine Art Phänomen angesehen, von den einen als ein Besessener, von den andern als ein mit Wunderkräften Begnadeter.

Kurz, ich war also wieder eine Weile fortgewesen. Nach zwei oder drei Kriegsjahren hatte die Gegenwart viel an Reiz für mich verloren und ich drückte mich hinweg, um eine Weile andere Luft zu atmen. Auf dem gewohnten Wege verließ ich die Ebene, in der wir leben, und hielt mich gastweise auf anderen Ebenen auf. Ich war eine Zeitlang in fernen Vergangenheiten, jagte unbefriedigt durch Völker und Zeiten, sah den üblichen Kreuzigungen, Händeln, Fortschritten und Verbesserungen auf Erden zu, und zog mich dann für einige Zeit ins Kosmische zurück, was für mich stets ein Ausruhen im Musikalischen und Rhythmischen bedeutet.

Als ich wiederkam, war es 1920, und zu meiner Enttäuschung standen sich überall noch immer mit der gleichen geistlosen Hartnäckigkeit die Völker im Kriege gegenüber. Es waren einige Grenzen verschoben, einige ausgesuchte Regionen älterer höherer Kulturen mit Sorgfalt zerstört worden, aber alles in allem hatte sich äußerlich auf der Erde nicht viel geändert.

Groß war der erreichte Fortschritt in der Gleichheit auf Erden. Wenigstens in Europa sah es in allen Ländern, wie ich hörte, genau gleich aus, auch der Unterschied zwischen Kriegführenden und Neutralen war fast ganz verschwunden. Seit man die Beschießungen der Zivilbevölkerung mechanisch durch Freiballons betrieb, welche aus Höhen von 15-20 000 Metern im Dahintreiben ihre Geschosse fallen ließen, seither waren die Landesgrenzen, obwohl nach wie vor scharf bewacht, so ziemlich illusorisch geworden. Die Streuung dieser vagen Schießerei aus der Luft herab war so groß, daß die Absender solcher Ballons ganz zufrieden waren, wenn sie nur ihr eigenes Gebiet nicht trafen, und sich nicht mehr darum kümmerten, wie viele ihrer Bomben auf neutrale Länder oder schließlich auch auf das Gebiet von Bundesgenossen fielen.

Dies war eigentlich der einzige Fortschritt, den das Kriegswesen selbst gemacht hatte; in ihm sprach sich endlich einigermaßen klar der Sinn des Krieges aus. Die Welt war eben in zwei Parteien geteilt, welche einander zu vernichten suchten, weil sie beide das gleiche begehrten, nämlich die Befreiung der Unterdrückten, die Abschaffung der Gewalttat und die Aufrichtung eines dauernden Friedens. Gegen einen Frieden, der möglicherweise nicht ewig währen könnte, war man überall sehr eingenommen – wenn der ewige Friede nicht zu haben war, so zog man mit Entschiedenheit den ewigen Krieg vor, und die Sorglosigkeit, mit welcher die Munitionsballons aus ungeheuren Höhen ihren Segen über Gerechte und Ungerechte regnen ließen, entsprach dem Sinn dieses Krieges vollkommen. Im übrigen wurde er jedoch auf die alte Weise mit bedeutenden, aber unzulänglichen Mitteln weitergeführt. Die bescheidene Phantasie der Militärs und Techniker hatte noch einige wenige Vernichtungsmittel erfunden – jener Phantast aber, der den mechanischen Streuballon ausgedacht hatte, war der letzte seiner Art gewesen; denn seither hatten die Geistigen, die Phantasten, Dichter und Träumer sich mehr und mehr vom Interesse für den Krieg zurückgezogen. Er blieb, wie gesagt, den Militärs und Technikern überlassen, und machte also wenig Fortschritte. Mit ungeheurer Ausdauer standen und lagen sich überall die Heere gegenüber, und obwohl der Materialmangel längst dazu geführt hatte, daß die soldatischen Auszeichnungen nur noch aus Papier bestanden, hatte die Tapferkeit sich nirgends erheblich vermindert.

Meine Wohnung fand ich zum Teil durch Flugzeuggeschosse zertrümmert, doch ließ es sich noch darin schlafen. Immerhin war es kalt und unbehaglich, der Schutt am Boden und der feuchte Schimmel an den Wänden mißfiel mir, und ich ging bald wieder weg, um einen Spaziergang zu machen.

Ich ging durch einige Gassen der Stadt, die sich stark

Hesse 20

gegen früher verändert hatten. Vor allem waren keine Läden mehr zu sehen. Die Straßen waren ohne Leben. Ich war noch nicht lange unterwegs, da trat ein Mann mit einer Blechnummer am Hut auf mich zu und fragte, was ich da tue. Ich sagte, ich gehe spazieren. Er: Haben Sie Erlaubnis? Ich verstand ihn nicht, es gab einen Wortwechsel, und er forderte mich auf, ihm in das nächste Amtshaus zu folgen.

Wir kamen in eine Straße, deren Häuser alle mit weißen Schildern behängt waren, auf denen ich Bezeichnungen von Ämtern mit Nummern und Buchstaben las. »Beschäftigungslose Zivilisten«, stand auf einem Schilde, und die Nummer 2487 B 4 dabei. Dort gingen wir hinein. Es waren die üblichen Amtsräume, Wartezimmer und Korridore, in welchen es nach Papier, nach feuchten Kleidern und Amtsluft roch. Nach manchen Fragen wurde ich auf Zimmer 72 d abgeliefert und dort verhört.

Ein Beamter stand vor mir und musterte mich. »Können Sie nicht strammstehen?« fragte er streng. Ich sagte: »Nein.« Er fragte: »Warum nicht?« »Ich habe es nie gelernt«, sagte ich schüchtern.

»Also Sie sind dabei festgenommen worden, wie Sie ohne Erlaubnisschein spazierengegangen sind. Geben Sie das zu?«

»Ja«, sagte ich, »das stimmt wohl. Ich hatte es nicht gewußt. Sehen Sie, ich war längere Zeit krank – «

Er winkte ab. »Sie werden dadurch bestraft, daß Ihnen für drei Tage das Gehen in Schuhen untersagt wird. Ziehen Sie Ihre Schuhe aus!«

Ich zog meine Schuhe aus.

»Mensch!« rief der Beamte da entsetzt. »Mensch, Sie tragen ja Lederschuhe! Woher haben Sie die? Sind Sie denn völlig verrückt?«

»Ich bin geistig vielleicht nicht völlig normal, ich kann das selbst nicht genau beurteilen. Die Schuhe habe ich früher einmal gekauft.«

»Ja, wissen Sie nicht, daß das Tragen von Leder in jedweder Form den Zivilpersonen streng verboten ist? Ihre Schuhe bleiben hier, die werden beschlagnahmt. Zeigen Sie übrigens doch einmal Ihre Ausweispapiere!«

Lieber Gott, ich hatte keine.

»Das ist mir doch seit einem Jahr nimmer vorgekommen!« stöhnte der Beamte, und rief einen Schutzmann herein. »Bringen Sie den Mann ins Amt Nr. 194, Zimmer 8!«

Barfuß wurde ich durch einige Straßen getrieben, dann traten wir wieder in ein Amtshaus, gingen durch Korridore, atmeten den Geruch von Papier und Hoffnungslosigkeit, dann wurde ich in ein Zimmer gestoßen und von einem andern Beamten verhört. Dieser trug Uniform.

»Sie sind ohne Ausweispapiere auf der Straße angetroffen worden. Sie bezahlen zweitausend Gulden Buße. Ich schreibe sofort die Quittung.«

»Um Vergebung«, sagte ich zaghaft, »soviel habe ich nicht bei mir. Können Sie mich nicht statt dessen einige Zeit einsperren?«

Er lachte hell auf.

»Einsperren? Lieber Mann, wie denken Sie sich das? Glauben Sie, wir hätten Lust, Sie auch noch zu füttern? Nein, mein Guter, wenn Sie die Kleinigkeit nicht zahlen können, bleibt Ihnen die härteste Strafe nicht erspart. Ich muß Sie zum provisorischen Entzug der Existenzbewilligung verurteilen! Bitte geben Sie mir Ihre Existenzbewilligungskarte!«

Ich hatte keine.

Der Beamte war nun ganz sprachlos. Er rief zwei Kollegen herein, flüsterte lange mit ihnen, deutete mehrmals auf mich, und alle sahen mich mit Furcht und tiefem Erstaunen an. Dann ließ er mich, bis mein Fall beraten wäre, in ein Haftlokal abführen.

Dort saßen und standen mehrere Personen herum, vor der Tür stand eine militärische Wache. Es fiel mir auf, daß ich, abgesehen von dem Mangel an Stiefeln, weitaus der am besten Gekleidete von allen war. Man ließ mich mit einer gewissen Ehrfurcht sitzen, und sogleich drängte ein kleiner scheuer Mann sich neben mich, bückte sich vorsichtig zu meinem Ohr herab und flüsterte mir zu: »Sie, ich mache Ihnen ein fabelhaftes Angebot. Ich habe zu Hause eine Zuckerrübe! Eine ganze tadellose Zuckerrübe! Sie wiegt beinahe drei Kilo. Sie können sie haben. Was bieten Sie?«

Er bog sein Ohr zu meinem Munde und ich flüsterte: »Machen Sie mir selbst ein Angebot! Wieviel wollen Sie haben?«

Leise flüsterte er mir ins Ohr: »Sagen wir hundertfünfzehn Gulden!«

Ich schüttelte den Kopf und versank in Nachdenken.

Ich sah, ich war zu lange weggewesen. Es war schwer, sich wieder einzuleben. Viel hätte ich für ein Paar Schuhe oder Strümpfe gegeben, denn ich hatte an den bloßen Füßen, mit denen ich durch die nassen Straßen hatte gehen müssen, schrecklich kalt. Aber es war niemand in dem Zimmer, der nicht barfuß gewesen wäre.

Nach einigen Stunden holte man mich ab. Ich wurde in das Amt Nr. 285, Zimmer 19 f, geführt. Der Schutzmann blieb diesmal bei mir; er stellte sich zwischen mir und dem Beamten auf. Es schien mir ein sehr hoher Beamter zu sein.

»Sie haben sich in eine recht böse Lage gebracht«, fing er an. »Sie halten sich in hiesiger Stadt auf und sind ohne Existenzbewilligungsschein. Es wird Ihnen bekannt sein, daß die schwersten Strafen darauf stehen.«

Ich machte eine kleine Verbeugung.

»Erlauben Sie«, sagte ich, »ich habe eine einzige Bitte an Sie. Ich sehe vollkommen ein, daß ich der Situation nicht gewachsen bin und daß meine Lage nur immer schwieriger werden muß. – Ginge es nicht an, daß Sie mich zum Tode verurteilten? Ich wäre sehr dankbar dafür!«

Milde sah der hohe Beamte mir in die Augen.

»Ich begreife«, sagte er sanft. »Aber so könnte schließlich jeder kommen! Auf alle Fälle müßten Sie vorher eine Sterbekarte lösen. Haben Sie Geld dafür? Sie kostet viertausend Gulden.«

»Nein, soviel habe ich nicht. Aber ich würde alles

geben, was ich habe. Ich habe großes Verlangen danach, zu sterben.«

Er lächelte sonderbar.

»Das glaube ich gerne, da sind Sie nicht der einzige. Aber so einfach geht das mit dem Sterben nicht. Sie gehören einem Staate an, lieber Mann, und sind diesem Staate verpflichtet, mit Leib und Leben. Das dürfte Ihnen doch bekannt sein. Übrigens – ich sehe da eben, daß Sie als Sinclair Emil eingetragen sind. Sind Sie vielleicht der Schriftsteller Sinclair?«

»Gewiß, der bin ich.«

»Oh, das freut mich sehr. Ich hoffe, Ihnen gefällig sein zu können. Schutzmann, Sie können inzwischen abtreten.«

Der Schutzmann ging hinaus, der Beamte bot mir die Hand.

»Ich habe Ihre Bücher mit viel Interesse gelesen«, sagte er verbindlich, »und ich will Ihnen gern nach Möglichkeit behilflich sein. – Aber sagen Sie mir doch, lieber Gott, wie Sie in diese unglaubliche Lage geraten konnten?«

»Ja, ich war eben eine Zeitlang weg. Ich flüchtete mich für einige Zeit ins Kosmische, es mögen so zwei, drei Jahre gewesen sein, und offen gestanden, hatte ich so halb und halb angenommen, der Krieg würde inzwischen sein Ende gefunden haben. – Aber sagen Sie, können Sie mir eine Sterbekarte verschaffen? Ich wäre Ihnen fabelhaft dankbar.«

»Es wird vielleicht gehen. Vorher müssen Sie natürlich eine Existenzbewilligung haben. Ohne sie wäre natürlich jeder Schritt aussichtslos. Ich gebe Ihnen eine Empfehlung an das Amt 127 mit, da werden Sie auf meine Bürgschaft hin wenigstens eine provisorische Existenzkarte bekommen. Sie gilt allerdings nur zwei Tage.«

»Oh, das ist mehr als genug!«

»Nun gut! Kommen Sie dann, bitte, zu mir zurück.«

Ich drückte ihm die Hand.

»Noch eines!« sagte ich leise. »Darf ich noch eine Frage an Sie stellen? Sie können sich denken, wie schlecht orientiert ich in allem Aktuellen bin.«

»Bitte, bitte.«

»Ja, also – vor allem würde es mich interessieren, zu wissen, wie es möglich ist, daß bei diesen Zuständen das Leben überhaupt noch weitergeht. Hält denn ein Mensch das aus?«

»O ja. Sie sind ja in einer besonders schlimmen Lage, als Zivilperson, und gar ohne Papiere! Es gibt sehr wenig Zivilpersonen mehr. Wer nicht Soldat ist, der ist Beamter. Schon damit wird für die meisten das Leben viel erträglicher, viele sind sogar sehr glücklich. Und an die Entbehrungen hat man sich eben so allmählich gewöhnt. Als das mit den Kartoffeln allmählich aufhörte und man sich an den Holzbrei gewöhnen mußte – er wird jetzt leicht geteert und dadurch recht schmackhaft – da dachte jeder, es sei nicht mehr auszuhalten. Und jetzt geht es eben doch. Und so ist es mit allem.«

»Ich verstehe«, sagte ich. »Es ist eigentlich weiter nicht erstaunlich. Nur eins begreife ich nicht ganz. Sagen Sie mir: wozu eigentlich macht nun die ganze Welt diese riesigen Anstrengungen? Diese Entbehrungen, diese Gesetze, diese tausend Ämter und Beamte – was ist es eigentlich, was man damit beschützt und aufrechterhält?«

Erstaunt sah der Herr mir ins Gesicht.

»Ist das eine Frage!« rief er mit Kopfschütteln. »Sie wissen doch, daß Krieg ist, Krieg in der ganzen Welt! Und das ist es, was wir erhalten, wofür wir Gesetze geben, wofür wir Opfer bringen. Der Krieg ist es. Ohne diese enormen Anstrengungen und Leistungen könnten die Armeen keine Woche länger im Felde stehen. Sie würden verhungern – es wäre unausstehlich!«

»Ja«, sagte ich langsam, »das ist allerdings ein Gedanke! Also der Krieg ist das Gut, das mit solchen Opfern aufrechterhalten wird! Ja, aber – erlauben Sie eine seltsame Frage – warum schätzen Sie den Krieg so hoch? Ist er denn das alles wert? Ist denn der Krieg überhaupt ein Gut?«

Mitleidig zuckte der Beamte die Achseln. Er sah, ich verstand ihn nicht.

»Lieber Herr Sinclair«, sagte er, »Sie sind sehr weltfremd geworden. Aber bitte, gehen Sie durch eine einzige Straße, reden Sie mit einem einzigen Menschen, strengen Sie Ihre Gedanken nur ein klein wenig an und fragen Sie sich: Was haben wir noch? Worin besteht unser Leben? Dann müssen Sie doch sofort sagen: Der Krieg ist das einzige, was wir noch haben! Vergnügen und persönlicher Erwerb, gesellschaftlicher Ehrgeiz, Habgier, Liebe, Geistesarbeit – alles existiert nicht mehr.

Der Krieg ist es einzig und allein, dem wir es verdanken, daß noch so etwas wie Ordnung, Gesetz, Gedanke, Geist in der Welt vorhanden ist. – Können Sie denn das nicht sehen?«

Ja, nun sah ich es ein, und ich dankte dem Herrn sehr.

Dann ging ich davon und steckte die Empfehlung an das Amt 127 mechanisch in meine Tasche. Ich hatte nicht im Sinne von ihr Gebrauch zu machen, es war mir nichts daran gelegen, noch irgendeines dieser Ämter zu belästigen. Und noch ehe ich wieder bemerkt und zur Rede gestellt werden konnte, sprach ich den kleinen Sternensegen in mich hinein, stellte meinen Herzschlag ab, ließ meinen Körper im Schatten eines Gebüsches verschwinden und setzte meine vorige Wanderung fort, ohne mehr an Heimkehr zu denken.

(1917)

Der Europäer

Endlich hatte Gott der Herr ein Einsehen und machte dem Erdentage, der mit dem blutigen Weltkrieg geendet, selber ein Ende, indem er die große Flut sandte. Mitleidig spülten die Wasserfluten hinweg, was das alternde Gestirn schändete, die blutigen Schneefelder und die von Geschützen starrenden Gebirge, die verwesenden Leichen zusammen mit denen, die um sie weinten, die Empörten und Mordlustigen zusammen mit den Verarmten, die Hungernden zusammen mit den geistig Irregewordenen.

Freundlich sah der blaue Weltenhimmel auf die blanke Kugel herab.

Übrigens hatte sich die europäische Technik bis zuletzt glänzend bewährt. Wochenlang hatte sich Europa gegen die langsam steigenden Wasser umsichtig und zäh gehalten. Erst durch ungeheure Dämme, an welchen Millionen von Kriegsgefangenen Tag und Nacht arbeiteten; dann durch künstliche Erhöhungen, die mit fabelhafter Schnelligkeit emporstiegen und anfangs das Aussehen riesiger Terrassen hatten, dann aber mehr und mehr zu Türmen gipfelten. Von diesen Türmen aus bewährte sich menschlicher Heldensinn mit rührender Treue bis zum letzten Tage. Während Europa und alle Welt versunken und ersoffen war, gleißten von den letzten ragenden Eisentürmen noch immer grell und unbeirrt die Scheinwerfer durch die feuchte Dämmerung der untergehenden Erde, und aus den Geschützen sausten in eleganten Bogen die Granaten hin und her. Zwei Tage vor dem Ende entschlossen sich die Führer der Mittelmächte, durch Lichtzeichen ein Friedensangebot an die Feinde zu richten. Die Feinde verlangten jedoch sofortige Räumung der noch stehenden befestigten Türme, und dazu konnten auch die entschlossensten Friedensfreunde sich nicht bereit erklären. So wurde heldenhaft geschossen bis zur letzten Stunde.

Nun war alle Welt überschwemmt. Der einzige überlebende Europäer trieb auf einem Rettungsgürtel in der Flut und war mit seinen letzten Kräften damit beschäftigt, die Ereignisse der letzten Tage aufzuschreiben, damit eine spätere Menschheit wisse, daß sein Vaterland es gewesen war, das den Untergang der letzten Feinde um Stunden überdauert und sich so für ewig die Siegespalme gesichert hatte.

Da erschien am grauen Horizont schwarz und riesig ein schwerfälliges Fahrzeug, das sich langsam dem Ermattenden näherte. Er erkannte mit Befriedigung eine gewaltige Arche, und sah, ehe er in Ohnmacht sank, den uralten Patriarchen groß mit wehendem Silberbart an Bord des schwimmenden Hauses stehen. Ein gigantischer Neger fischte den Dahintreibenden auf, er lebte und kam bald wieder zu sich. Der Patriarch lächelte freundlich. Sein Werk war geglückt, es war von allen Gattungen der irdischen Lebewesen je ein Exemplar gerettet.

Während die Arche gemächlich vor dem Winde lief und auf das Sinken der trüben Wasser wartete, entspann sich an Bord ein buntes Leben. Große Fische

folgten dem Fahrzeug in dichten Schwärmen, in bunten traumhaften Geschwadern schwärmten die Vögel und Insekten über dem offenen Dache, jedes Tier und jeder Mensch war voll inniger Freude, gerettet und einem neuen Leben vorbehalten zu sein. Hell und schrill kreischte der bunte Pfau seinen Morgenruf über die Gewässer, lachend spritzte der frohe Elefant sich und sein Weib aus hochgerecktem Rüssel zum Bade, schillernd saß die Eidechse im sonnigen Gebälk; der Indianer spießte mit raschem Speerstoß glitzernde Fische aus der unendlichen Flut, der Neger rieb am Herde Feuer aus trocknen Hölzern und schlug vor Freude seiner fetten Frau in rhythmischen Taktfolgen auf die klatschenden Schenkel, mager und steil stand der Hindu mit verschränkten Armen und murmelte uralte Verse aus den Gesängen der Weltschöpfung vor sich hin. Der Eskimo lag dampfend in der Sonne und schwitzte, aus kleinen Augen lachend, Wasser und Fett von sich, beschnuppert von einem gutmütigen Tapir, und der kleine Japaner hatte sich einen dünnen Stab geschnitzt, den er sorgfältig bald auf seiner Nase, bald auf seinem Kinn balancieren ließ. Der Europäer verwendete sein Schreibzeug dazu, ein Inventar der noch vorhandenen Lebewesen aufzustellen.

Gruppen und Freundschaften bildeten sich, und wo je ein Streit ausbrechen wollte, wurde er von dem Patriarchen durch einen Wink beseitigt. Alles war gesellig und froh, nur der Europäer war mit seiner Schreibarbeit einsam beschäftigt.

Da entstand unter all den vielfarbigen Menschen

und Tieren ein neues Spiel, indem jeder im Wettbewerb seine Fähigkeiten und Künste zeigen wollte. Alle wollten da die ersten sein, und es mußte vom Patriarchen selber Ordnung geschaffen werden. Er stellte die großen Tiere und die kleinen Tiere für sich, und wieder für sich die Menschen, und jeder mußte sich melden und die Leistung nennen, mit welcher er zu glänzen dachte, dann kam einer nach dem andern an die Reihe.

Dieses famose Spiel dauerte viele Tage lang, da immer wieder eine Gruppe weglief und ihr Spiel unterbrach, um einer anderen zuzusehen. Und jede schöne Leistung wurde von allen mit lautem Beifall bewundert. Wieviel Wundervolles gab es da zu sehen! Wie zeigte da jedes Geschöpf Gottes, was für Gaben in ihm verborgen waren! Wie tat sich da der Reichtum des Lebens auf! Wie wurde gelacht, wie wurde Beifall gerufen, gekräht, geklatscht, gestampft, gewiehert!

Wunderbar lief das Wiesel, und zauberhaft sang die Lerche, prachtvoll marschierte der geblähte Truthahn, und unglaublich flink kletterte das Eichhorn. Der Mandrill ahmte den Malaien nach, und der Pavian den Mandrill! Läufer und Kletterer, Schwimmer und Flieger wetteiferten unermüdet, und jeder war in seiner Weise unübertroffen und fand Geltung.

Es gab Tiere, die konnten durch Zauber wirken, und Tiere, die konnten sich unsichtbar machen. Viele taten sich durch Kraft hervor, viele durch List, manche durch Angriff, manche durch Verteidigung, Insekten konnten sich schützen, indem sie wie Gras, wie Holz, wie Moos, wie Felsgestein aussahen, und andere unter den Schwachen fanden Beifall und trieben lachende Zuschauer in die Flucht, indem sie sich durch grausame Gerüche vor Angriffen zu schützen wußten. Niemand blieb zurück, niemand war ohne Gaben. Vogelnester wurden geflochten, gekleistert, gewebt, gemauert. Raubvögel konnten aus grausiger Höhe das winzigste Ding erkennen.

Und auch die Menschen machten ihre Sache vortrefflich. Wie der große Neger leicht und mühelos am Balken in die Höhe lief, wie der Malaie mit drei Griffen aus einem Palmblatt ein Ruder machte und auf winzigem Brett zu steuern und zu wenden wußte, das war des Zuschauens wert. Der Indianer traf mit leichtem Pfeil das kleinste Ziel, und sein Weib flocht eine Matte aus zweierlei Bast, die hohe Bewunderung erregte. Alles schwieg lange und staunte, als der Hindu vortrat und einige Zauberstücke zeigte. Der Chinese aber zeigte, wie man die Weizenernte durch Fleiß verdreifachen konnte, indem man die ganz jungen Pflanzen auszog und in gleichen Zwischenräumen verpflanzte.

Mehrmals hatte der Europäer, der erstaunlich wenig Liebe genoß, den Unwillen seiner Menschenvettern erregt, da er die Taten anderer mit hartem und verächtlichem Urteil bemängelte. Als der Indianer seinen Vogel hoch aus dem Blau des Himmels herunterschoß, hatte der weiße Mann die Achseln gezuckt und behauptet, mit zwanzig Gramm Dynamit schieße man dreimal so hoch! Und als man ihn aufforderte, das einmal vorzumachen, hatte er es nicht gekonnt, sondern hatte erzählt, ja wenn er das und dies und jenes und noch zehn andere Sachen hätte, dann könne er es schon machen. Auch den Chinesen hatte er verspottet und gesagt, daß das Umpflanzen von jungem Weizen zwar gewiß unendlichen Fleiß erfordere, daß aber doch wohl eine so sklavische Arbeit ein Volk nicht glücklich machen könne. Der Chinese hatte unter Beifall erwidert, glücklich sei ein Volk, wenn es zu essen habe und die Götter ehre, der Europamann aber hatte auch hierzu spöttisch gelacht.

Weiter ging das fröhliche Wettspiel, und am Ende hatten alle, Tiere und Menschen, ihre Talente und Künste gezeigt. Der Eindruck war groß und freudig, auch der Patriarch lachte in seinen weißen Bart und sagte lobend, nun möge das Wasser ruhig verlaufen und ein neues Leben auf dieser Erde beginnen, denn noch sei jeder bunte Faden in Gottes Kleid vorhanden, und nichts fehle, um ein unendliches Glück auf Erden zu begründen.

Einzig der Europäer hatte noch kein Kunststück gezeigt, und nun verlangten alle anderen stürmisch, er möge vortreten und das Seine tun, damit man sehe, ob auch er ein Recht habe, Gottes schöne Luft zu atmen und in des Patriarchen schwimmendem Hause zu fahren.

Lange weigerte sich der Mann und suchte Ausflüchte. Aber nun legte ihm Noah selbst den Finger auf die Brust und mahnte ihn, zu folgen.

»Auch ich«, so begann nun der weiße Mann, »habe

eine Fähigkeit zu hoher Tüchtigkeit gebracht und ausgebildet. Nicht das Auge ist es, das bei mir besser wäre als bei anderen Wesen, und nicht das Ohr, oder die Nase, oder die Handfertigkeit, oder irgend etwas dergleichen. Meine Gabe ist von höherer Art. Meine Gabe ist der Intellekt.«

»Vorzeigen!« rief der Neger, und alle drängten näher hinzu.

»Da ist nichts zu zeigen«, sagte der Weiße milde. »Ihr habt mich wohl nicht recht verstanden. Das, wodurch ich mich auszeichne, ist der Verstand.«

Der Neger lachte munter und zeigte schneeweiße Zähne, der Hindu kräuselte spöttisch die dünnen Lippen, der Chinese lächelte schlau und gutmütig vor sich hin.

»Der Verstand?« sagte er langsam. »Also zeige uns bitte deinen Verstand. Bisher war nichts davon zu sehen.«

»Zu sehen gibt es da nichts«, wehrte sich der Europäer mürrisch. »Meine Gabe und Eigenart ist diese: ich speichere in meinem Kopfe die Bilder der Außenwelt auf, und vermag aus diesen Bildern ganz allein für mich neue Bilder und Ordnungen herzustellen. Ich kann die ganze Welt in meinem Gehirn denken, also neu schaffen.«

Noah fuhr sich mit der Hand über die Augen.

»Erlaube«, sagte er langsam, »wozu soll das gut sein? Die Welt noch einmal schaffen, die Gott schon erschaffen hat, und ganz für dich allein in deinem kleinen Kopf innen – wozu kann das nützen?«

Alle riefen Beifall und brachen in Fragen aus.

»Wartet!« rief der Europäer. »Ihr versteht mich nicht richtig. Die Arbeit des Verstandes kann man nicht so leicht vorzeigen wie irgendeine Handfertigkeit.«

Der Hindu lächelte.

»O doch, weißer Vetter, das kann man wohl. Zeige uns doch einmal eine Verstandesarbeit. Zum Beispiel Rechnen. Laß uns einmal um die Wette rechnen! Also: Ein Paar hat drei Kinder, welche jedes wieder eine Familie gründen. Jedes von den jungen Paaren bekommt jedes Jahr ein Kind. Wieviel Jahre vergehen, bis die Zahl 100 erreicht ist?«

Neugierig horchten alle zu, begannen an den Fingern zu zählen und krampfhaft zu blicken. Der Europäer begann zu rechnen. Aber schon nach einem Augenblick meldete sich der Chinese, der die Rechnung gelöst hatte.

»Sehr hübsch«, gab der Weiße zu, »aber das sind bloß Geschicklichkeiten. Mein Verstand ist nicht dazu da, solche kleine Kunststücke zu machen, sondern große Aufgaben zu lösen, auf denen das Glück der Menschheit beruht.«

»Oh, das gefällt mir«, ermunterte Noah. »Das Glück zu finden ist gewiß mehr als alle andern Geschicklichkeiten. Da hast du recht. Schnell, sage uns, was du über das Glück der Menschheit zu lehren hast, wir werden dir alle dankbar sein.«

Gebannt und atemlos hingen nun alle an den Lippen des weißen Mannes. Nun kam es. Ehre sei ihm, der uns zeigen wird, wo das Glück der Menschheit ruht!

Jedes böse Wort sei ihm abgebeten, dem Magier! Was brauchte er die Kunst und Geschicklichkeit von Auge, Ohr und Hand, was brauchte er den Fleiß und die Rechenkunst, wenn er solche Dinge wußte!

Der Europäer, der bisher eine stolze Miene gezeigt hatte, begann bei dieser ehrfürchtigen Neugierde allmählich verlegen zu werden.

»Es ist nicht meine Schuld«, sagte er zögernd, »aber ihr versteht mich immer falsch! Ich sagte nicht, daß ich das Geheimnis des Glückes kenne. Ich sagte nur, mein Verstand arbeitet an Aufgaben, deren einstige Lösung das Glück der Menschheit fördern wird. Der Weg dahin ist lang, und nicht ich noch ihr werden sein Ende sehen. Viele Geschlechter werden noch über diesen schweren Fragen brüten.«

Die Leute standen unschlüssig und mißtrauisch. Was redete der Mann? Auch Noah schaute zur Seite und runzelte die Stirn.

Der Hindu lächelte dem Chinesen zu, und als alle andern verlegen schwiegen, sagte der Chinese freundlich: »Liebe Brüder, dieser weiße Vetter ist ein Spaßvogel. Er will uns erzählen, daß in seinem Kopf eine Arbeit geschieht, deren Ertrag die Urenkel unserer Urenkel vielleicht einmal zu sehen bekommen werden, oder auch nicht. Liebe Brüder, wir wollen den weißen Mann nicht länger quälen. Ich schlage vor, wir anerkennen ihn als Spaßmacher. Er sagt uns Dinge, die wir alle nicht recht verstehen können, aber wir alle ahnen, daß diese Dinge, wenn wir sie wirklich verstünden, uns Gelegenheit zu unendlichem Gelächter geben würden. Geht es euch nicht auch so? – Gut denn, ein Hoch auf unseren Spaßmacher!«

Die meisten stimmten ein und waren froh, diese dunkle Geschichte zu einem Schluß gebracht zu sehen. Einige aber waren ungehalten und verstimmt, und der Europäer blieb allein und ohne Zuspruch stehen.

Der Neger aber, begleitet vom Eskimo, vom Indianer und dem Malaien, kam gegen Abend zu dem Patriarchen und sprach also:

»Verehrter Vater, wir haben eine Frage an dich zu richten. Dieser weiße Bursche, der sich heut über uns lustig gemacht hat, gefällt uns nicht. Ich bitte dich, überlege dir: alle Menschen und Tiere, jeder Bär und jeder Floh, jeder Fasan und jeder Mistkäfer, sowie wir Menschen alle, haben irgend etwas zu zeigen gehabt, womit wir Gott Ehre darbringen und unser Leben schützen, erhöhen oder verschönern. Wunderliche Gaben haben wir gesehen, und manche waren zum Lachen, aber jedes kleinste Vieh hatte doch irgend etwas Erfreuliches und Hübsches darzubringen – einzig und allein dieser bleiche Mann, den wir zuletzt auffischten, hat nichts zu geben als sonderbare und hochmütige Worte, Anspielungen und Scherze, welche niemand begreift und welche niemandem Freude machen können. – Wir fragen dich daher, lieber Vater, ob es wohl richtig ist, daß ein solches Geschöpf mithelfe, ein neues Leben auf dieser lieben Erde zu begründen? Könnte das nicht ein Unheil geben? Sieh ihn doch nur an! Seine Augen sind trüb, seine Stirn ist voller Falten, seine Hände sind blaß und schwächlich, sein Gesicht blickt böse und traurig, kein heller Klang geht von ihm aus! Gewiß, es ist nicht richtig mit ihm – weiß Gott, wer uns diesen Burschen auf unsre Arche geschickt hat!«

Freundlich hob der greise Erzvater seine hellen Augen zu den Fragenden.

»Kinder«, sagte er leise und voll Güte, so daß ihre Mienen sofort lichter wurden, »liebe Kinder! Ihr habet recht, und habet auch unrecht mit dem, was ihr da saget! Aber Gott hat schon seine Antwort darauf gegeben, noch ehe ihr gefragt habt. Ich muß euch zustimmen, der Mann aus dem Kriegslande ist kein sehr anmutiger Gast, und man sieht nicht recht ein, wozu solche Käuze dasein müssen. Aber Gott, der diese Art nun einmal geschaffen hat, weiß gewiß wohl, warum er es tat. Ihr alle habet diesen weißen Männern viel zu verzeihen, sie sind es, die unsre arme Erde wieder einmal bis zum Strafgericht verdorben haben. Aber sehet, Gott hat ein Zeichen dessen gegeben, was er mit dem weißen Mann im Sinne hat. Ihr alle, du Neger und du Eskimo, habet für das neue Erdenleben, das wir bald zu beginnen hoffen, eure lieben Weiber mit, du deine Negerin, du deine Indianerin, du dein Eskimoweib. Einzig der Mann aus Europa ist allein. Lange war ich traurig darüber, nun aber glaube ich den Sinn davon zu ahnen. Dieser Mann bleibt uns aufbehalten als eine Mahnung und ein Antrieb, als ein Gespenst vielleicht. Fortpflanzen aber kann er sich nicht, es sei denn, er tauche wieder in den Strom der vielfarbigen Menschheit unter. Euer Leben auf der neuen Erde wird er nicht verderben dürfen. Seid getrost!«

Die Nacht brach ein, und am nächsten Morgen stand im Osten spitz und klein der Gipfel des heiligen Berges aus den Wassern.

(1918)

Aus dem Jahre 1925

Im »Regierungsblatt«, der einzigen Zeitung, welche im Jahre 1925 noch im Königreich Sachsen erschien (zweimal in der Woche), stand im Herbst 1925 einst folgender kleine Artikel mit der etwas gesuchten Überschrift:

»Ein neuer Kaspar Hauser«.

Im Vogtlande, in der Ronneburger Gegend, wurde kürzlich ein ebenso rätselhafter wie bedenklicher Fund gemacht, ein Fund, von dem sich erst zeigen muß, ob er nur als ein Kuriosum aufzufassen sei oder möglicherweise doch ein weitergreifendes Interesse habe.

Bei der »amtlichen Abschaffung der nicht zivildienstfähigen Bevölkerung«, die bei uns so wohl organisiert und trotz unvermeidlicher Härten so human durchgeführt worden ist, kam in der Ronneburger Gegend einer der ja nicht allzu seltenen Fälle vor, in welchen eine Privatperson trotz erwiesener Unfähigkeit, dem Staate und Gemeinwohl irgendwie noch zu nützen, die ihr gesetzte Existenzzeit ganz wesentlich (es soll sich um Monate handeln) überschritt. Der Privatmann Philipp Gaßner, der in der Nähe eines Dorfes ein einsam gelegenes kleines Landhaus bewohnte, war schon vor Jahresfrist bei der Altersmusterung als unbrauchbar bezeichnet und in üblicher Weise durch staffelweise Herabsetzung seiner Rationen an seine Untertanenpflicht erinnert worden. Als nach Ablauf des letzten Termins weder sein Hingang gemeldet noch die kreisamtliche Chloroformstelle für ihn in Anspruch

genommen worden war, begab sich der Unteroffizier Kille im Auftrag des Bezirkskommandos in die Wohnung des Gaßner, um ihn in der vorgeschriebenen Form unter Strafandrohung an die Erfüllung seiner Bürgerpflicht zu erinnern.

Obwohl nun diese Mahnung völlig ordnungsgemäß erfolgte, auch das übliche Angebot kostenloser Erleichterungen nicht versäumt wurde, geriet dennoch Gaßner, ein Mann von bald siebzig Jahren, in eine außergewöhnliche Erregung und weigerte sich hartnäckig, dem Gesetz Folge zu leisten. Vergeblich stellte der Unteroffizier ihm vor, welchen Mangel an vaterländischer Gesinnung er damit bekunde und wie betrübend es sei, wenn ein alter, in bürgerlichen Ehren ergrauter Mann sich sperre, das notwendige Opfer zu bringen, zu welchem täglich die gesamte hoffnungsvolle Jungmannschaft an der Front bereit sei. Gaßner setzte sich, als er abgeführt werden sollte, sogar tätlich zur Wehr. Der Unteroffizier, dem schon die besondere Körperkraft des seit Jahresfrist auf abnehmende Rationen gesetzten Mannes auffiel, schritt nun zu einer Haussuchung. Und da ergab sich das Unglaubliche: In einem gegen den Garten gehenden Zimmer des ersten Stockwerks wurde eine junge Mannsperson entdeckt, die der Alte seit Jahren bei sich verborgen hielt!

Der junge Mensch, sechsundzwanzig Jahre alt und kerngesund, entpuppte sich als Alois Gaßner, Sohn des Hausbesitzers. Auf welche Weise es dem durchtriebenen Alten gelungen ist, seinen Sohn jahrelang der Dienstpflicht zu entziehen und bei sich verborgen zu halten, bleibt noch aufzuklären; es dürfte sich dabei eine verbrecherische Urkundenfälschung mit Wahrscheinlichkeit ergeben. Die einsame Lage des Hauses, die Vermöglichkeit des Vaters und ein großer und sehr sorgfältig angebauter Hausgarten, aus dessen Erträgen die beiden vorzugsweise lebten, erklärten immerhin einiges.

Was uns hier interessiert, ist nicht so sehr der ungewöhnliche Fall einer schweren Hinterziehung und Dienstpflichtverletzung, als eine psychologische Merkwürdigkeit, welche dabei zutage kam und zurzeit von Sachverständigen untersucht wird. Es ist kaum zu glauben, aber die bisher vorliegenden Berichte lassen keinen Zweifel. Man höre!

Alois Gaßner scheint, nach übereinstimmender Aussage aller Fachleute, geistig vollkommen normal zu sein. Er schreibt, liest und rechnet nicht nur gewandt, er ist sogar geistig hochgebildet und hat mit Hilfe einer recht guten Privatbibliothek sich dem Studium der Philosophie gewidmet. Er hat eine Reihe von Arbeiten aus verschiedenen Gebieten der Philosophiegeschichte und der Erkenntnistheorie verfaßt, außerdem Gedichte und belletristische Versuche, welche alle zumindest ein klares Denken und einen geschulten Geist bekunden.

Aber dieser seltsame Verborgene zeigt in seinem geistigen und seelischen Leben eine äußerst merkwürdige Lücke – er weiß nichts vom Kriege. Er hat alle diese Jahre außerhalb der Welt gelebt, die uns alle umgibt! Wie er bürgerlich für die Welt nicht vorhanden war, so lebte er geistig außerhalb unserer Zeit und Welt, zumindest in Europa wohl der einzige erwachsene Mensch, der bei voller Zurechnungsfähigkeit doch ohne jedes Wissen von seiner Zeit, vom Weltkriege, von den Geschehnissen und Umwälzungen dieser zehn Jahre geblieben ist!

So möchten wir diesen eigentümlichen Philosophen mit jenem Kaspar Hauser vergleichen, welcher einst die ganze Jugend außerhalb der Menschen- und Tageswelt in einer einsamen Dämmerung verlebte!

Der verhältnismäßig einfache Fall des Vaters G. wird vermutlich nicht lange auf seine Aufklärung und Aburteilung warten lassen. Er hat sich eines schweren Vergehens schuldig gemacht und wird die Folgen davon zu tragen haben. Über die Schuld oder Schuldbeteiligung des Sohnes hingegen gehen die Ansichten weit auseinander. Zurzeit weilt er noch in einer Heilanstalt zur Untersuchung. Das wenige, was er bis jetzt dort vom Weltlauf, vom Staat und seinen staatsbürgerlichen Verpflichtungen erfahren hat, erregte bei ihm zunächst lediglich eine kindliche und etwas ängstliche Verwunderung. Es ist deutlich erkennbar, daß er die Versuche, ihn in diese Zusammenhänge einzuführen, nur teilweise ernst nimmt, er scheint in ihnen Fiktionen zu sehen, mit welchen er in Beziehung auf seinen Geisteszustand auf die Probe gestellt werden soll. Fragen und Assoziationsversuche mit den häufigsten, jedem Kinde geläufigen politischen Schlagwörtern blieben ohne jedes Ergebnis.

Wie wir in letzter Stunde noch erfahren, hat sich die

philosophische Fakultät der Universität Leipzig soeben des Falles angenommen. Die Studien und Arbeiten Gaßners sollen dort einer Prüfung unterzogen werden. Aber auch abgesehen vom Werte oder Unwerte dieser Arbeiten, legt die Fakultät großen Wert darauf, den Mann kennenzulernen, ja ihn unter Umständen gewissermaßen zu erwerben, als einziges Exemplar einer Spezies von Mensch, welche nicht mehr auf Erden existiert. Dieser »Vorkriegsmensch« soll einem gründlichen Studium unterzogen und womöglich der Wissenschaft erhalten werden.

(1918)

Eigensinn

Eine Tugend gibt es, die liebe ich sehr, eine einzige. Sie heißt Eigensinn.

Von allen den vielen Tugenden, von denen wir in Büchern lesen und von Lehrern reden hören, kann ich nicht viel halten. Und doch könnte man alle die vielen Tugenden, die der Mensch sich aus irgendeinem ornamentalen Bedürfnis erfunden hat, mit einem einzigen Namen umfassen. Tugend ist: Gehorsam. Die Frage ist nur, *wem* man gehorche. Nämlich auch der Eigensinn ist Gehorsam. Aber alle andern, so sehr beliebten und belobten Tugenden sind Gehorsam gegen Gesetze, die von Menschen gegeben sind. Einzig der Eigensinn ist es, der nach diesen Gesetzen nicht fragt. Wer eigensinnig ist, gehorcht einem andern Gesetz, einem einzigen, unbedingt heiligen, dem Gesetz in sich selbst, dem »Sinn« des »Eigenen«.

Es ist sehr schade, daß der Eigensinn so wenig beliebt ist! Genießt er irgendwelche Achtung? O nein, er gilt sogar für ein Laster oder doch für eine bedauerliche Unart. Man nennt ihn bloß da bei seinem vollen Namen, wo er stört und Haß erregt. (Übrigens: wirkliche Tugenden stören immer und erregen immer Haß. Siehe Sokrates, Jesus, Giordano Bruno und hundert andere Eigensinnige.) Wo man einigermaßen den Willen hat, Eigensinn wirklich als Tugend oder doch als hübsche Zierde gelten zu lassen, da schwächt man den rauhen Namen dieser Tugend nach Möglichkeit ab. »Charakter« oder »Persönlichkeit« – das klingt nicht so herb und beinah lasterhaft wie »Eigensinn«! Das tönt schon hoffähiger; auch »Originalität« läßt man sich gefallen. Letztere freilich nur bei geduldeten Sonderlingen, bei Künstlern und solchen Käuzen. In der Kunst, wo der Eigensinn keinen merklichen Schaden für Kapital und Gesellschaft anrichten kann, läßt man ihn als Originalität sogar sehr gelten, beim Künstler gilt ein gewisser Eigensinn geradezu für wünschenswert, man bezahlt ihn gut. Sonst aber versteht man unter »Charakter« oder »Persönlichkeit« in der heutigen Tagessprache etwas äußerst Verzwicktes, nämlich einen »Charakter«, der zwar vorhanden ist und gezeigt und dekoriert werden kann, der sich aber bei jedem irgend wichtigen Anlaß sorgfältig unter fremde Gesetze beugt. »Charakter« nennt man einen Mann, der einige eigene Ahnungen und Ansichten hat, aber nicht nach ihnen lebt. Er läßt nur ganz fein so je und je durchblicken, daß er anders denkt, daß er Meinungen hat. In dieser Form gilt Charakter auch schon unter Lebenden für Tugend. Hat aber einer eigene Ahnungen und lebt wirklich nach ihnen, so geht er des lobenden Zeugnisses »Charakter« verlustig, und es wird ihm nur »Eigensinn« zuerkannt. Aber nehmen wir doch das Wort einmal wörtlich! Was heißt denn »Eigensinn«? Das, was einen eigenen Sinn hat. Oder nicht?

Einen »eigenen Sinn« nun hat jedes Ding auf Erden, schlechthin jedes. Jeder Stein, jedes Gras, jede Blume, jeder Strauch, jedes Tier wächst, lebt, tut und fühlt lediglich nach seinem »eigenen Sinn«, und darauf beruht es, daß die Welt gut, reich und schön ist. Daß es

Blumen und Früchte, daß es Eichen und Birken, daß es Pferde und Hühner, Zinn und Eisen, Gold und Kohle gibt, das alles kommt allein und einzig davon her, daß jedes kleinste Ding im Weltall seinen »Sinn«, sein eigenes Gesetz in sich trägt und vollkommen sicher und unbeirrbar seinem Gesetze folgt.

Einzig zwei arme, verfluchte Wesen auf Erden gibt es, denen es nicht vergönnt ist, diesem ewigen Ruf zu folgen und so zu sein, zu wachsen, zu leben und zu sterben, wie es ihnen der tief eingeborene »eigene Sinn« befiehlt. Einzig der Mensch und das von ihm gezähmte Haustier sind dazu verurteilt, nicht der Stimme des Lebens und Wachstums zu folgen, sondern irgendwelchen Gesetzen, die von Menschen aufgestellt sind und die immer von Zeit zu Zeit wieder von Menschen gebrochen und geändert werden. Und das ist nun das Sonderbarste: Jene wenigen, welche die willkürlichen Gesetze mißachteten, um ihren eigenen, natürlichen Gesetzen zu folgen – sie sind zwar meistens verurteilt und gesteinigt worden, nachher aber wurden sie für immer als Helden und Befreier verehrt. Dieselbe Menschheit, die den Gehorsam gegen ihre willkürlichen Gesetze als höchste Tugend preist und fordert, dieselbe Menschheit nimmt in ihr ewiges Pantheon gerade jene auf, die jener Forderung Trotz boten und lieber ihr Leben ließen als ihrem »eigenen Sinn« untreu wurden!

Das »Tragische«, jenes wunderbar hohe, mystischheilige Wort, das so voll von Schauern aus einer mythischen Menschheitsjugend ist und das jeder Berichterstatter täglich so namenlos mißbraucht, das »Tragische« bedeutet ja gar nichts anderes als das Schicksal des Helden, der daran zugrunde geht, daß er entgegen allen hergebrachten Gesetzen dem eigenen Sterne folgt. Dadurch, und einzig dadurch, eröffnet sich der Menschheit immer wieder die Erkenntnis vom »eigenen Sinn«. Denn der tragische Held, der Eigensinnige, zeigt den Millionen der Gewöhnlichen, der Feiglinge immer wieder, daß der Ungehorsam gegen Menschensatzung keine rohe Willkür sei, sondern Treue gegen ein viel höheres, heiligeres Gesetz. Anders ausgedrückt: Der menschliche Herdensinn fordert von jedermann vor allem Anpassung und Unterordnung – seine höchsten Ehren aber reserviert er keineswegs den Duldsamen, Feigen, Fügsamen, sondern gerade den Eigensinnigen, den Helden.

Wie die Berichterstatter die Sprache mißbrauchen, wenn sie jeden Betriebsunfall in einer Fabrik »tragisch« nennen (was für sie gleichbedeutend ist mit »bedauerlich«), so tut die Mode nicht minder unrecht, wenn sie vom »Heldentod« all der armen hingeschlachteten Soldaten spricht. Das ist auch so ein Lieblingswort der Sentimentalen, vor allem der Daheimgebliebenen. Die Soldaten, die im Kriege fallen, sind gewiß unseres höchsten Mitgefühls würdig. Sie haben oft Ungeheures geleistet und gelitten. Aber darum sind sie nicht »Helden«, so wenig wie der, der eben noch ein einfacher Soldat und Bürger war, durch die tötende Kugel plötzlich zum Helden wird. Die Vorstellung ganzer Massen, ganzer Millionen von »Helden« ist an sich widersinnig.

Der »Held« ist nicht der gehorsame, brave Bürger und Pflichterfüller. Heldisch kann nur der einzelne sein, der seinen »eigenen Sinn«, seinen edlen, natürlichen Eigensinn zu seinem Schicksal gemacht hat. »Schicksal und Gemüt sind Namen *eines* Begriffes«, hat Novalis gesagt. Aber nur der Held ist es, der den Mut zu seinem eigenen Schicksal findet.

Würde die Mehrzahl der Menschen diesen Mut und Eigensinn haben, so sähe die Erde anders aus. Unsere bezahlten Lehrer zwar (dieselben, die uns die Helden und Eigensinnigen früherer Zeiten so sehr zu rühmen wissen) sagen, es würde dann alles drüber und drunter gehen. Beweise haben und brauchen sie nicht. In Wirklichkeit würde unter Menschen, die selbständig ihrem inneren Gesetz und Schicksal folgen, das Leben reicher und höher gedeihen. In ihrer Welt würde manches Scheltwort und mancher rasche Backenstreich ungesühnt bleiben, der heute ehrwürdige staatliche Richter beschäftigen muß. Es würde auch hin und wieder ein Totschlag passieren – kommt das trotz allen Gesetzen und Strafen nicht auch heute vor? Manche furchtbare und unausdenklich traurige, irrsinnige Dinge aber, die wir heute mitten in unserer so wohlgeordneten Welt schauerlich gedeihen sehen, wären dann unbekannt und unmöglich. Zum Beispiel Völkerkriege.

Jetzt höre ich die Autoritäten sagen: »Du predigst Revolution!«

Wieder ein Irrtum, der nur unter Herdenmenschen möglich ist. Warum sollte ich Revolution wünschen? Revolution ist nichts anderes als Krieg, ist genau wie dieser eine »Fortsetzung der Politik mit anderen Mitteln«. Der Mensch aber, der einmal den Mut zu sich selber gefühlt und die Stimme seines eigenen Schicksals vernommen hat, ach, dem ist an Politik nicht das mindeste mehr gelegen, sei sie nun monarchisch oder demokratisch, revolutionär oder konservativ! Ihn kümmert anderes. Sein »Eigensinn« ist wie der tiefe, herrliche, gottgewollte Eigensinn jedes Grashalms auf nichts anderes gerichtet als auf sein eigenes Wachstum. »Egoismus«, wenn man will. Allein dieser Egoismus ist ein ganz anderer als der verrufene des Geldsammlers oder des Machtgierigen.

Der Mensch mit jenem »Eigensinn«, den ich meine, sucht nicht Geld oder Macht. Er verschmäht diese Dinge nicht, weil er ein Tugendbold und resignierender Altruist wäre – im Gegenteil! Aber Geld und Macht und all die Dinge, um derentwillen Menschen einander quälen und am Ende totschießen, sind dem zu sich selbst gekommenen Menschen, dem Eigensinnigen, wenig wert. Er schätzt eben nur eines hoch, die geheimnisvolle Kraft in sich selbst, die ihn leben heißt und ihm wachsen hilft. Diese Kraft kann durch Geld und dergleichen nicht erhalten, nicht gesteigert, nicht vertieft werden. Denn Geld und Macht sind Erfindungen des Mißtrauens. Wer der Lebenskraft in seinem eigenen Innersten mißtraut, wem sie fehlt, der muß sie durch äußere Ersatzmittel kompensieren. Wer das Vertrauen zu sich selber hat, wer nichts anderes mehr wünscht als sein eigenes Schicksal rein und frei in sich zu erleben und ausschwingen zu lassen, dem sinken jene überschätzten Hilfsmittel zu untergeordneten Werkzeugen herab, deren Besitz und Gebrauch angenehm, aber nie entscheidend sein kann.

O wie ich diese Tugend liebe, den Eigensinn! Wenn man sie erst einmal erkannt und etwas davon in sich gefunden hat, dann werden die andern bestempfohlenen Tugenden allesamt merkwürdig zweifelhaft.

Der Patriotismus ist so eine. Ich habe nichts gegen ihn. Er setzt an Stelle des einzelnen einen größern Komplex. Aber so richtig als Tugend geschätzt wird er doch erst, wenn das Schießen losgeht – dieses naive und so lächerlich unzulängliche Mittel, »die Politik fortzusetzen«. Der Soldat, der Feinde totschießt, gilt doch eigentlich für den größeren Patrioten als der Bauer, der sein Land möglichst gut anbaut. Denn letzterer hat davon selber Vorteil. Und komischerweise gilt in unserer verzwickten Moral stets diejenige Tugend für zweifelhaft, die ihrem Inhaber selber wohltut und nützt.

Warum eigentlich? Weil wir gewohnt sind, Vorteile immer auf Kosten anderer zu erjagen. Weil wir voll Mißtrauen meinen, immer gerade das begehren zu müssen, was ein anderer hat.

Der Wildenhäuptling hat den Glauben, die Lebenskraft der von ihm getöteten Feinde gehe in ihn selber über. Liegt nicht dieser selbe arme Negerglaube jedem Krieg zugrunde, jeder Konkurrenz, jedem Mißtrauen zwischen Menschen? Nein, wir wären glücklicher, wenn wir jenen braven Bauer mindestens jenem Soldaten gleichstellen würden! Wenn wir den Aberglauben aufgeben könnten, das, was ein Mensch oder ein Volk an Leben und Lebenslust gewinne, müsse unbedingt einem anderen weggenommen sein.

Nun höre ich den Lehrer sprechen: »Das klingt ja sehr hübsch, aber bitte betrachten Sie die Sache doch einmal ganz sachlich vom nationalökonomischen Standpunkt aus! Die Weltproduktion ist ... «

Worauf ich erwidere: »Nein, danke. Der nationalökonomische Standpunkt ist eine Brille, durch die man mit den verschiedensten Ergebnissen schauen kann. Zum Beispiel vor dem Kriege konnte man nationalökonomisch beweisen, daß ein Weltkrieg unmöglich sei oder doch nicht lange dauern könne. Heute kann man nationalökonomisch das Gegenteil beweisen. Nein, lasset uns real denken, statt dieser Phantasien!«

Es ist nichts mit diesen »Standpunkten«, sie sind alle Glatteis. Wir sind weder Rechenmaschinen noch sonstwelche Mechanismen. Wir sind Menschen. Und für den Menschen gibt es nur *einen* natürlichen Standpunkt, nur *einen* natürlichen Maßstab. Es ist der des Eigensinnigen. Für ihn gibt es weder Schicksale des Kapitalismus noch des Sozialismus, für ihn gibt es kein England und kein Amerika, für ihn lebt nichts als das stille, unweigerliche Gesetz in der eigenen Brust, dem zu folgen dem Menschen des bequemen Herkommens so unendlich schwer fällt, das dem Eigensinnigen aber Schicksal und Gottheit bedeutet.

(1917)

Sätze aus dem ›Demian‹

Wären wir nicht noch mehr als einmalige Menschen, könnte man jeden von uns wirklich mit einer Flintenkugel ganz und gar aus der Welt schaffen, so hätte es keinen Sinn mehr, Geschichten zu erzählen. Jeder Mensch aber ist nicht nur er selber, er ist auch der einmalige, ganz besondere, in jedem Fall wichtige und merkwürdige Punkt, wo die Erscheinungen der Welt sich kreuzen, nur einmal so und nie wieder. Darum ist jedes Menschen Geschichte wichtig, ewig, göttlich, darum ist jeder Mensch, solange er irgend lebt und den Willen der Natur erfüllt, wunderbar und jeder Aufmerksamkeit würdig. In jedem ist der Geist Gestalt geworden, in jedem leidet die Kreatur, in jedem wird ein Erlöser gekreuzigt.

Wenige wissen heute, was der Mensch ist. Viele ahnen es, und sterben darum leichter, wie ich leichter sterben werde, wenn ich diese Geschichte fertig geschrieben habe.

Meine Geschichte ist nicht angenehm, sie ist nicht süß und harmonisch wie die erfundenen Geschichten, sie schmeckt nach Unsinn und Verwirrung, nach Wahnsinn und Traum wie das Leben aller Menschen, die sich nicht mehr belügen wollen.

Das Leben jedes Menschen ist ein Weg zu sich selber hin, der Versuch eines Weges, die Andeutung eines Pfades. Wir können einander verstehen; aber deuten kann jeder nur sich selbst.

Manchmal wußte ich: Mein Ziel im Leben war, so wie mein Vater und meine Mutter zu werden, so hell und rein, so überlegen und geordnet; aber bis dahin war der Weg weit, bis dahin mußte man Schulen absitzen und studieren und Prüfungen ablegen, und der Weg führte immerzu an der anderen, dunkleren Welt vorüber, durch sie hindurch, und es war gar nicht unmöglich, daß man bei ihr blieb und in ihr versank. Es gab Geschichten von verlorenen Söhnen, denen es so gegangen war, ich hatte sie mit Leidenschaft gelesen. Da war stets die Heimkehr zum Vater und zum Guten so erlösend und großartig, ich empfand durchaus, daß dies allein das Richtige, Gute und Wünschenswerte sei, und dennoch war der Teil der Geschichte, der unter den Bösen und Verlorenen spielte, weitaus der lockendere, und wenn man es hätte sagen und gestehen dürfen, war es eigentlich manchmal geradezu schade, daß der Verlorene Buße tat und wiedergefunden wurde. Aber das sagte man nicht und dachte es auch nicht. Es war nur irgendwie vorhanden, als eine Ahnung und Möglichkeit, ganz unten im Gefühl.

Die Geschichte vom Kainszeichen: Das, womit die Geschichte ihren Anfang genommen hat, war das Zeichen. Es war da ein Mann, der hatte etwas im Gesicht, was den anderen angst machte. Sie wagten nicht ihn anzurühren, er imponierte ihnen, er und seine Kinder. Vielleicht war es aber nicht wirklich ein Zeichen auf

H. H.
21.

der Stirn, so wie ein Poststempel, so grob geht es im Leben selten zu. Viel eher war es etwas kaum wahrnehmbares Unheimliches, ein wenig mehr Geist und Kühnheit im Blick, als die Leute gewohnt waren. Dieser Mann hatte Macht, vor diesem Mann scheute man sich. Er hatte ein »Zeichen«. Also erklärte man das Zeichen nicht als das, was es war, als eine Auszeichnung, sondern als das Gegenteil. Man sagte, die Kerle mit diesem Zeichen seien unheimlich, und das waren sie auch. Leute mit Mut und Charakter sind den anderen Leuten immer sehr unheimlich.

Ob die Arbeiter ihre Fabrikanten totschlagen, oder ob Russen und Deutsche aufeinander schießen, es werden nur Besitzer getauscht. Aber umsonst wird es doch nicht sein. Es wird die Wertlosigkeit der heutigen Ideale dartun, es wird ein Aufräumen mit steinzeitlichen Göttern geben. Diese Welt, wie sie jetzt ist, will sterben, sie will zugrunde gehen, und sie wird es.

Was kommen wird, ist unausdenklich. Die Seele Europas ist ein Tier, das unendlich lang gefesselt war. Wenn es frei wird, werden seine ersten Regungen nicht die lieblichsten sein. Aber die Wege und Umwege sind belanglos, wenn nur die wahre Not der Seele zutage kommt, die man seit so langem immer und immer wieder weglügt und betäubt. Dann wird unser Tag sein, dann wird man uns brauchen, nicht als Führer, aber als Willige, als solche, die bereit sind, da zu stehen, wohin das Schicksal ruft. Sieh, alle Menschen sind bereit, das Unglaubliche zu tun, wenn ihre Ideale bedroht werden. Aber keiner ist da, wenn ein neues

Ideal, eine neue, vielleicht gefährliche und unheimliche Regung des Wachstums anklopft.

In der Tiefe war etwas im Werden. Etwas wie eine neue Menschlichkeit. Denn viele konnte ich sehen, und mancher von ihnen starb an der Front an meiner Seite – denen war gefühlhaft die Einsicht geworden, daß Haß und Wut, Totschlagen und Vernichten nicht an die Objekte geknüpft waren. Nein, die Objekte, ebenso wie die Ziele, waren ganz zufällig. Die Urgefühle, auch die wildesten, galten nicht dem Feinde, ihr blutiges Werk war nur Ausstrahlung des Innern, der in sich zerspaltenen Seele, welche rasen und töten, vernichten und sterben wollte, um neu geboren werden zu können.

(1917)

Die Zuflucht

Durch manche Jahre hat ein Lieblingswunsch mich begleitet – vielmehr nicht mich »begleitet«, sondern in mir gewurzelt, sich aus mir genährt, Kraft aus mir gesogen, so wie gewisse Verwandte und Freunde uns »begleiten«, indem sie sich von uns lieben und verehren lassen, unser Haus zu ihrem und unsere Kraft zu ihrer machen.

Jener Lieblingswunsch war sehr schön, und nicht allzu unbescheiden, wenn man ihn von außen ansah. Sein Inhalt war: eine Zuflucht. Die Zuflucht sah zu verschiedenen Zeiten sehr verschieden aus. Bald war sie ein Häuschen am Vierwaldstättersee mit einem Ruderboot an der Lände. Bald war es eine Holzknechthütte in den Alpen mit einem Schragen zum Schlafen, vier Stunden vom nächsten bewohnten Haus entfernt. Dann war es eine Höhle oder eine kleine Ruine in den Felsen des Süd-Tessins, nah am lichten Kastanienwald, so hoch gelegen wie die höchsten Reben, mit oder ohne Fenster und Tür. Ein anderes Mal war die Zuflucht ein Schiffsbillett, gültig für eine kleine Kabine auf einem Schiff ohne andre Passagiere, für eine Seefahrt von drei Monaten, einerlei wohin. Und manchmal war es noch bescheidener, war nur ein Loch in der Erde, ein kleines Grab, gut oder schlecht geschaufelt, mit oder ohne Blumen drüber, mit oder ohne Sarg.

Der Sinn und die Hauptsache aber waren immer genau dieselben. Ob Landhaus oder Schiffskabine, ob Alpenhütte oder Garten in der Toskana, ob Felsen-

höhle im Tessin oder Erdloch im Kirchhof – der Sinn war stets: eine Zuflucht! Als Überschrift über diesem Wunsche stand immer der Vers des schwäbischen Pfarrers, jenes lieben kränklichen Sonderlings, der weltabgeschieden und mit nichts zu tun in einem Dörflein saß und dort dichtete:

Laß, o Welt, o laß mich sein!

Damit schien mir alles gewonnen: wenn ich irgendwo einen Unterschlupf und eine Zuflucht hätte, ein Versteck wüßte, sicher und still, Wald oder See dabei, jedenfalls aber keine Menschen, keine Sorgenboten und Gedankendiebe, keine Briefe, keine Telegramme, keine Zeitungen, keinerlei Handlungsreisende der Kultur. Es mochte ein Bach dort rauschen, oder ein Wasserfall, oder Sonne still auf braune Felsen brennen, es mochten dort Schmetterlinge fliegen oder Ziegen weiden, Eidechsen brüten oder Möwen nisten – einerlei, aber meinen Frieden wollte ich dort haben, mein Alleinsein, meinen Schlaf und Traum. Niemand durfte diese Zuflucht betreten, den ich nicht rief, niemand sie nur wissen, niemand dort mich kennen, niemand etwas von mir wollen, niemand mich zu etwas zwingen. Ich durfte dort in keiner Adressenliste, in keiner Steuerrolle stehen.

Er war hübsch, mein Wunsch und Traum, er klang süß und bescheiden, er hatte Vorbilder und Dichter von Namen für sich. Und wie berechtigt war er! Gab es für einen Menschen, der nicht nach Macht strebte, der die Ansprüche der Welt an ihn so gerecht wie möglich zu erfüllen suchte, der ein Dichter und stiller Bürger war – gab es für mich einen richtigeren, begreiflicheren Wunsch als den nach meiner Zuflucht, nach der Ecke im Süden, dem Felsenwinkel im Gebirg, nach Höhle, Versteck, Unterschlupf, Grab? Wenn je das Landhaus, die Schiffskabine zu anspruchsvoll war – vom Streulager in der Hütte, vom kleinen namenlosen Grab konnte man das gewiß nicht sagen.

Viele Stunden in vielen Jahren habe ich an meinem Traum gebaut, viele Stunden auf Spaziergängen, bei der Gartenarbeit, vor dem Einschlafen, nach dem Erwachen, in der Eisenbahn, auch schlaflose Nächte wandte ich ihm zu. Ich baute an ihm, malte und pinselte an ihm, musizierte ihn schöner, zarter, holder, tuschte am Waldschatten, phantasierte am Ziegengeläut, wob Sehnsucht, strömte Liebe hinein. Zärtlich beleuchtete ich meinen Liebling, streichelte ihn mütterlich, liebkoste ihn werbend. Wenn ich mich besinne, so kann ich sagen, daß ich vielleicht an kein Ding auf Erden, oder an wenige, so viel Liebe gewendet habe, so viel Sorgfalt, so viel Wärme vom eigenen Blut, so viel Kraft des Verlangens.

Und wie hat er zuzeiten mir geleuchtet, aufreizend und tröstend, wie klang er innig und vertieft, wie glühte er rosenhaft, mein Lieblingstraum! Wie war er in zärtlichste Goldfäden eingesponnen, mit tausendmal abgewogenen Farben innig und schmelzend gemalt!

Hin und wieder mit den Jahren geschah es, daß andere Stimmen mich ergriffen, daß hier oder dort eine Mahnung mich traf, eine Einsicht mich streifte, die dem Traume schadeten, die kleine Sprünge in seine kostbare Farbenfläche zogen, eine Saite in ihm verstimmten, ein welkes Blatt in seinem Laube zeigten. Schnell flickte ich nach, goß neue Liebe zu, bereute tief die Störung, gab dem Wunsche neues Blut zur Nahrung. Bald war er wieder schön und ganz. Und, um es gleich zu sagen, noch heute kann er sich erholen, kann wieder strahlen, kann zurückgewinnen, was er verlor.

Aber häufiger traten mich Erkenntnisse an, die sich mit dem Traume nicht vertrugen. Ein Wort im Gespräch mit Freunden, ein Satz in einem Buch, ein Vers in der Bibel, eine Zeile bei Goethe faßte mich zwingend an, Vereinsamungen, Verluste von Freunden, Einbußen an Freuden sprachen ihre rauhe Sprache zu mir, Schmerzen nisteten sich bei mir ein. Lauter Zurufe, lauter Mahnungen, jede im einzelnen wenig beachtet, alle aber, immer wieder, auf denselben wunden Fleck treffend. Und alle waren gegen meinen Traum! Shakespeare verhöhnte ihn, Kant griff ihn an, Buddha verneinte ihn. Nur die Schmerzen führten mich oft und oft wieder zu ihm zurück. Würden sie nicht sich beruhigen und fliehen, wenn ich meine Zuflucht einmal hätte? Würde nicht Schlaf und Hunger, Lächeln und freier Blick, fester Atem und Tatenlust wiederkommen, dort, in der Höhle, am Bach, am Herzen der Natur, fern vom Lärm, fern vom Betrieb?

Aber auch die Schmerzen wurden energischer, wurden dauernder, und richteten sich gegen meinen Traum; es kamen die Stunden, wo ich sah: er war nichts wert.

Die »Zuflucht« würde mich nicht heilen, die Schmerzen würden im Wald und in der Hütte nicht vergehen, ich würde dort nicht mit der Welt eins werden und mit mir selber nicht in Ordnung kommen.

Das ging alles langsam und in vielen engen Spiralen, und hundertmal war der Wunschtraum wieder da, der Bach lief trostvoll über goldenbraune Kiesel und der See wiegte innigste Farbenträume. Nur die Mahnungen nahmen zu, und vor allem die Schmerzen, und oft schien Hiob mir mein Bruder zu sein.

Und einmal klopfte eine neue Erkenntnis mir an die Stirn, die war schlimmer, war deutlicher, feindlicher, drohender. Sie hieß so: »Dein Wunschtraum ist nicht bloß falsch gewesen, nicht bloß ein Irrtum, nicht bloß eine hübsche Kinderei und Seifenblase! Er war viel mehr, viel ärger, viel gefährlicher! Er hat an dir gefressen, er hat dein Blut getrunken, er hat dein Leben bestohlen. Hast du jemals dem Freunde, hast du der Frau, dem Kind, hast du dir selber jemals auch nur halb so viel Liebe gegönnt wie ihm, so viel Sorgfalt, Wärme, so viel Tage, Nächte, Schöpferstunden? Erschrickst du jetzt? Siehst du jetzt, wen du genährt hast, wen du am Herzen trugst? Und deine Müdigkeit, und deine Schmerzen, dein Altern, deine Schwächung – wem verdankst du sie? Ihm, ihm, alles ihm, alles diesem Traum, diesem Blutsauger, dieser Schlange!«

Auch diese Einsicht siegte nicht beim erstenmal, und heute noch, so fest sie sitzt, ist sie Zweifeln und Niederlagen ausgesetzt. Aber sie ist dageblieben.

Und wieder kam ein Tag; der stieß dem Traum das Herz ein. Der Traum wurde auf seine letzte Probe gestellt – er sollte erfüllt werden! Es war eine Zuflucht da, ein Häuschen, klein, still, fern, schön, hoch am Berg überm südlichen See, Zuflucht und Versteck, Ausruhenest und Traumwiege. Es war zu haben, es wurde mir angeboten.

Siehe, da war der Traum ertappt! Ertappt in seiner ganzen schönen Verlogenheit. Nämlich er – erschrak, als er sich erfüllen sollte. Er wollte nicht erfüllt werden, er wurde feig, er suchte Einwände, er wußte Ausreden, er riet ab, er schauderte zurück!

Ach, er konnte nicht anders. Er hatte so lange gelogen, er hatte so lange versprochen, viel zuviel versprochen! Immer hatte er empfangen und empfangen, und nun sollte er einmal geben. Und nun war nichts, was er zu geben hatte. Er zuckte zurück wie ein Schwindler, der einen falschen Wohnort angegeben hat und jetzt dorthin gebracht wird, wo niemand ihn kennen will, wo er verstummen muß, wo er entlarvt wird.

Das war sein Todesstoß.

Aber Vampyre ertragen manchen Todesstoß, und leben doch auf einmal wieder – sind wieder da, wollen wieder fressen, wieder mit lebendem Blut gefüttert sein. Auch dieser lebt noch, hat noch Schliche und Möglichkeiten. Aber ich weiß jetzt, daß er mein Feind ist.

Ich weiß es seit dem Tage, an dem ich meine letzte Erkenntnis fand.

Sie kam wie alle Erkenntnisse, in einer wohlbekannten, oft gesehenen Gestalt. Es war ein Spruch, den ich in einem Buche zufällig las, ein alter Satz, ein Wort aus der Bibel, und eines, das ich seit vielen Jahren kannte und auswendig wußte. Aber heut war es neu, heut klang es inwendig:

»Das Reich Gottes ist inwendig in Euch.«

Jetzt habe ich wieder etwas, dem ich nachgehe, das mich leitet, dem ich Blut opfere. Es ist kein Wunsch und Traum, es ist ein Ziel.

Dies Ziel ist wieder – eine Zuflucht! Nicht eine Höhle, nicht ein Schiff. Ich suche und begehre eine Zuflucht inwendig in mir, einen Raum oder Punkt, wo nur Ich ist, wohin die Welt nicht reicht, wo Ich allein zu Hause bin, sicherer als Gebirg und Höhle, sicherer und verborgener als Sarg und Grab. Das ist mein Ziel. Dorthin soll nichts eindringen können, es werde denn ganz zu Ich.

Dann mögen Stürme sein, mögen Schmerzen sein, möge Blut fließen.

Noch bin ich lange nicht dort, noch bin ich am ersten Anfang des Weges. Aber es ist nun mein Weg. Nicht mehr mein Traum!

O tiefe Zuflucht! Dich erreicht kein Sturm, dich brennt kein Feuer, dich zerstört kein Krieg. Kleine Kammer im Innern, kleiner Sarg, kleine Wiege, du bist mein Ziel.

(1916)

Aus Martins Tagebuch

(1918) 41 J.

Abyssus > Abgrund, Tiefe d. Erde, Untergründliches
lat. „grundlose Tiefe"
abyssos griech.: „a" nicht – „byssos" – Boden

1. Juli 10, 22.50 h, sehr heiß, schon seit Tagen ...
lese dies zum erstenmal – nach dem tief hinabsteigenden „Hadesgang", fast bis zum Abyssus. heute nachmittag mit dem Professor ...

Vorgestern war der wichtigste Tag meines Lebens. Da habe ich zum ersten Male etwas erlebt und zu spüren bekommen, was ich vorher gar nicht kannte und wovon mir doch jetzt scheint, ich habe es immer und immer gesucht und geahnt mein Leben lang.

Es hängt mit den Träumen zusammen. Diese hatten mich ja schon immer beschäftigt, und oft war ich erstaunt und traurig darüber, wie flüchtig Träume sind, wie schnell sie am Morgen vergehen, wie schüchtern sie vor der leisesten Berührung mit der Vernunft davonlaufen. Wie oft, wie unendlich oft in meinem Leben bin ich in meinem Bett erwacht und hatte ein neues Gefühl in mir, etwas Schönes, anderes, unbeschreiblich Neues, Zartes, Liebes, Seltsames, Witziges! Zwischen mir und der ganzen Welt schien eine neue Beziehung aufgegangen zu sein, ein neuer Sinn schien mir geworden, der die Wahrnehmungen meiner alten, gewöhnlichen Sinne ganz neu verband, bestätigte und auch veränderte. Ein Blinder, der an einer Rose riecht und sie betastet, und dem nun plötzlich die Augen aufgehen und zum erstenmal zum Getasteten und Gerochenen auch noch das sichtbare Bild der Blume zu eigen wird, der müßte Ähnliches empfinden. Ich hatte zum Gesicht, zum Tastsinn, zum Gehör, Geruch und Geschmack noch einen weiteren Sinn, ein weiteres Fühl- und Wahrnehmungsvermögen empfunden, oder erfunden. Wenn ich mich dann besann, so fiel mir oft ein Traum oder der Rest eines Traumes ein, den ich in der Nacht gehabt. Ich hatte fliegen können. Ich hatte eine Geliebte gehabt, die ich zu mir her ziehen und rufen konnte ohne einen Ton oder Wink, die zart und gefühlig einfach jeder Regung meiner Seele folgte. Ich hatte Luft trinken können wie Wein, oder in Wasser atmen wie in Luft.

Mit dem Gedächtnis an den Traum leuchtete dann immer die neue Empfindung nochmals innig und verlockend auf, schon mit dem wehmütigen Glanz des Abschiednehmenden und Unwiederbringlichen. Dann kamen die Gedanken hinterher, das völlige Erwachen und Bewußtwerden, und der Traum und sein Glück wurde ferner und unwirklicher, und wenn ich aus dem Bette stieg, war fast alles schon wieder weg und verloren und nichts blieb mir zurück als ein leises und banges Gefühl von Verlust und Bestohlensein, gemischt mit einem Gefühl, das ähnlich schmeckte wie schlechtes Gewissen – so, als hätte ich etwas Dummes getan, als hätte ich mich geschädigt und selber betrogen.

Manchmal dachte ich dann, eben das Träumen sei es, das man als Selbstbetrug anklagen und abtun müsse. Es war aber umgekehrt: das Träumen war das Wertvolle, und das Abtun, Richten und Verwerfen des Traumes war der Unsinn, war die Schädigung. Einige Male war ich schon ganz, ganz nahe bei dieser Erkenntnis, fühlte sie schon wie einen gefangenen Vogel mir in der Hand flattern, und verlor sie wieder, und blieb traurig und verarmt zurück. – Jetzt habe ich sie in Händen, meine neue Erkenntnis, oder Erfahrung, oder wie man es nennen will.

Was ich alsdann für mich allein dachte und spann, ist wohl nicht des Erzählens wert. Aber je älter ich wurde und je schaler die kleinen Befriedigungen mir schmeckten, die ich in meinem Leben fand, desto mehr wurde mir klar, wo ich die Quelle der Freuden und des Lebens suchen müsse. Ich erfuhr, daß Geliebtwerden nichts ist, Lieben aber alles, und mehr und mehr meinte ich zu sehen, daß das, was unser Dasein wertvoll und lustvoll macht, nichts anderes ist als unser Fühlen und Empfinden. Wo irgend ich etwas auf Erden sah, das man »Glück« nennen konnte, da bestand es aus Empfindungen. Geld war nichts, Macht war nichts. Man sah viele, die beides hatten und elend waren. Schönheit war nichts, man sah schöne Männer und Weiber, die bei aller Schönheit elend waren. Auch die Gesundheit wog nicht schwer; jeder war so gesund als er sich fühlte, mancher Kranke blühte bis kurz vor dem Ende vor Lebenslust, und mancher Gesunde welkte angstvoll in Furcht vor Leiden hin. Glück aber war überall da, wo ein Mensch starke Gefühle hatte und ihnen lebte, sie nicht vertrieb und vergewaltigte, sondern pflegte und genoß. Schönheit beglückte nicht den, der sie besaß, sondern den, der sie lieben und anbeten konnte.

Es gab vielerlei Gefühle, scheinbar, aber im Grunde waren sie eins. Man kann alles Gefühl Wille nennen, oder wie immer. Ich nenne es Liebe. Glück ist Liebe, nichts anderes. Wer lieben kann, ist glücklich. Jede Bewegung unsrer Seele, in der sie sich selber empfindet und ihr Leben spürt, ist Liebe. Glücklich ist also der, der viel zu lieben vermag. Lieben aber und Begehren

ist nicht ganz dasselbe. Liebe ist weise gewordene Begierde; Liebe will nicht haben; sie will nur lieben. Darum war auch der Philosoph glücklich, der seine Liebe zur Welt in einem Netz von Gedanken wiegte, der immer und immer neu die Welt mit seinem Liebesnetz umspann. Aber ich war kein Philosoph.

Auf den Wegen der Moral und Tugend aber war für mich auch kein Glück zu holen. Da ich wußte, glücklich machen kann nur die Tugend, die ich in mir selbst empfinde, in mir selbst erfinde und hege – wie konnte ich da irgendeine fremde Tugend mir aneignen wollen! Aber das sah ich: das Gebot der Liebe, einerlei ob es von Jesus oder von Goethe gelehrt wurde, dies Gebot wurde von der Welt völlig mißverstanden! Es war überhaupt kein Gebot. Es gibt überhaupt keine Gebote. Gebote sind Wahrheiten, wie der Erkennende sie dem Nichterkennenden mitteilt, wie der Nichterkennende sie auffaßt und empfindet. Gebote sind irrtümlich aufgefaßte Wahrheiten. Der Grund aller Weisheit ist: Glück kommt nur durch Liebe. Sage ich nun »Liebe deinen Nächsten!« so ist das schon eine verfälschte Lehre. Es wäre vielleicht viel richtiger zu sagen: »Liebe dich selbst so wie deinen Nächsten!« Und es war vielleicht der Urfehler, daß man immer beim Nächsten anfangen wollte.

Jedenfalls: das Innerste in uns begehrt Glück, begehrt einen wohltuenden Zusammenklang mit dem, was außer uns ist. Dieser Klang wird gestört, sobald unser Verhältnis zu irgendeinem Ding ein andres ist als Liebe. Es gibt keine Pflicht des Liebens, es gibt nur eine Pflicht des Glücklichseins. Dazu allein sind wir auf der Welt. Und mit aller Pflicht und aller Moral und allen Geboten macht man einander selten glücklich, weil man sich selbst damit nicht glücklich macht. Wenn der Mensch »gut« sein kann, so kann er es nur, wenn er glücklich ist, wenn er Harmonie in sich hat. Also wenn er liebt.

Und das Unglück in der Welt, und das Unglück bei mir selber kam also daher, daß das Lieben gestört war. Von hier aus wurden mir die Sprüche im Neuen Testament plötzlich wahr und tief. »So ihr nicht werdet wie die Kinder« – oder »Das Himmelreich ist inwendig in euch«.

Dies war die Lehre, die einzige Lehre in der Welt. Dies sagte Jesus, dies sagte Buddha, dies sagte Hegel, jeder in seiner Theologie. Für jeden ist das einzig Wichtige auf der Welt sein eigenes Innerstes – seine Seele – seine Liebesfähigkeit. Ist die in Ordnung, so mag man Hirse oder Kuchen essen, Lumpen oder Juwelen tragen, dann klang die Welt mit der Seele rein zusammen, war gut, war in Ordnung.

Nichts vermag der Mensch so zu lieben wie sich selbst. Nichts vermag der Mensch so zu fürchten wie sich selbst. So entstand zugleich mit den andern Mythologien, Geboten und Religionen des primitiven Menschen auch jenes seltsame Übertragungs- und Scheinsystem, nach welchem die Liebe des einzelnen zu sich selber, auf welcher das Leben ruht, dem Menschen für verboten galt und verheimlicht, verborgen, maskiert werden mußte. Einen andern zu lieben galt für besser, für sittlicher, für edler, als sich selbst zu lieben. Und da die Eigenliebe nun doch einmal der Urtrieb war und die Nächstenliebe neben ihr niemals recht gedeihen konnte, erfand man sich eine maskierte, erhöhte, stilisierte Selbstliebe, in Form einer Art von Nächstenliebe auf Gegenseitigkeit. So wurde die Familie, der Stamm, das Dorf, die Religionsgemeinschaft, das Volk, die Nation zum Heiligtum. Der Mensch, der sich selber zuliebe nicht das kleinste Sittengebot übertreten darf – für die Gemeinschaft, für Volk und Vaterland darf er alles tun, auch das Furchtbarste, und jeder sonst verpönte Trieb wird hier zu Pflicht und Heldentum. So weit war die Menschheit bis jetzt. Vielleicht würden auch die Götzenbilder der Nationen mit der Zeit noch fallen, und in der neu entdeckten Liebe zur ganzen Menschheit käme vielleicht die alte Urlehre wieder neu zum Durchbruch.

Solche Erkenntnisse kommen langsam, man windet sich zu ihnen in Spiralen hinan. Und wenn sie da sind, so ist es, als habe man sie im Sprung, im Nu erreicht.

Aber Erkenntnisse sind noch nicht Leben. Sie sind der Weg dazu, und mancher bleibt ewig auf dem Wege. Auch ich ahnte den Weg, glaubte ihn bestimmt zu wissen, und kam doch nie so recht vorwärts auf ihm. Es gab Fortschritte und Rückschritte, Eifer und Mißmut, Glauben und Enttäuschung. Und vermutlich wird es die immer geben.

Jetzt bin ich einen Schritt weiter, seit vorgestern. Da ist es mir zum erstenmal geglückt, etwas festzuhalten, was sonst immer auf der Flucht war, etwas eine Weile zu eigen zu haben, was ich sonst nur wie einen fernen Goldvogel fliegen sah.

Mein Erlebnis ist dieses: ich habe vorgestern zum erstenmal den Sinn und das Glück, das Wesen und die Lehre eines nächtlichen Traumes mit in den Tag hineingenommen. Ich hatte stundenlang Beziehungen zur Welt, die man sonst nur im Traume hat. Ich hatte stundenlang Fähigkeiten, die man sonst am Tage nicht hat.

Ich werde mich hüten, das zu erzählen. Dies erste Erlebnis ist mir viel zu lieb, viel zu zart, viel zu heilig, viel zu schimmernd und geheimnisvoll golden, als daß ich versuchen möchte, es in die Finger zu nehmen, es mit Gedanken, Worten und Tinte zu beschmutzen.

Aber das Erlebnis hat sich wiederholt, gestern und heute. Ich wünsche, daß es sich an hundert und tausend, an allen Tagen wiederhole, es soll aufhören, ein Geheimnis und Wunder zu sein, es soll Tag und Natur werden, soll mir gehören und zur Selbstverständlichkeit werden.

(1918)

Weltgeschichte

Als ich ein Knabe war und in eine schlechte Lateinschule ging, da war mir das, was man »Weltgeschichte« nannte, etwas unendlich Ehrwürdiges, Fernes, Edles, Mächtiges, so etwas wie Jehovah und Moses. Weltgeschichte war früher einmal gewesen, war einmal Gegenwart und Wirklichkeit gewesen, hatte geblitzt und gedonnert, und war jetzt lang vergangen, fern und ehrwürdig geworden, stand in Büchern und wurde von Schülern gelernt. Das Letzte aus der Weltgeschichte, wovon wir Knaben vernahmen, war der Siebziger Krieg. Das war schon erstaunlicher und erregender: da waren unsere Väter und Onkel noch dabeigewesen, ja es fehlten bloß ein paar Jahre, so hätten wir selber das noch erlebt. Und wie herrlich mußte es gewesen sein: Krieg, Heldentum, wehende Fahnen, reitende Feldherrn, neugewählter Kaiser, Reiterattacken. Wie uns glaubwürdig und heilig versichert wurde, waren in diesem Krieg Wunder und Heldentaten geschehen, war es wahrhaft großzügig und wirklich weltgeschichtlich zugegangen, nicht bloß so wie gestern und heute und immer. Männer und Frauen hatten Unerhörtes geleistet, Unerhörtes ertragen, Massen Volks hatten geweint und gelacht, hingerissen vom Rausch des Erlebnisses, Fremde hatten sich auf der Straße umarmt, Tapferkeit und Selbstlosigkeit waren selbstverständlich gewesen. Herrgott, wenn man das noch erlebt hätte. Die Leute, die wir kannten, waren alle keine Helden, auch die Lehrer nicht, die zu gewissen Zeiten uns diese erhebenden Geschichten erzählten, auch unsre Väter und Onkel nicht, deren so viele doch wirklich jenen großen heldischen Krieg mitgemacht hatten. Aber irgend etwas mußte daran sein, es waren dicke illustrierte Bücher darüber gedruckt, der Bismarck hing an allen Stubenwänden, und in jedem Herbst wurde das Sedanfest gefeiert, der schönste Tag im Jahr.

Mit fünfzehn Jahren erst sah ich diesen Schimmer verblassen. Ich begann an der Ehrwürdigkeit der Weltgeschichte zu zweifeln, ich ließ mir nicht mehr vorreden, es seien in früheren Zeiten Menschen und Völker anders gewesen als heute, sie hätten damals nicht das Alltagsleben, sondern Opern und Heldenstücke gelebt. Ich wußte, unsere Lehrer hatten die Aufgabe, uns möglichst zu belasten und niederzudrücken, sie forderten Tugenden von uns, die sie selber nicht hatten, und so war wohl auch die Weltgeschichte, die sie uns vorsetzten, so ein Schwindel der Erwachsenen, um uns herabzusetzen und kleinzumachen.

Daß ich so töricht und respektlos über die Weltgeschichte denken konnte, hatte seine Gründe. Junge Menschen leben nicht von Kritik und Negationen, sondern von Gefühlen und Idealen. Und in mir ging damals etwas vor, was seither angedauert hat: Ich wurde mißtrauisch gegen die Stimmen von außen, und desto mißtrauischer, je offizieller sie waren. Und überhaupt begann ich zu fühlen, daß das eigentlich Interessante und Lebenswerte, das, was eigentlich uns erfüllen und beschäftigen und in Atem halten kann, nicht außer uns liegt, sondern in uns. Nicht, daß ich davon etwas ge-

wußt hätte – aber ich fühlte es, und ich begann Philosophen zu lesen, Freigeist zu werden, mich in geliebte Dichter einzuwühlen – alles mit dem dunklen Gefühl, das sei mein Weg, das sei der Weg zu mir, zu mir selbst, und alle anderen Wege seien nicht die, die ich brauche und auf die ich gehöre. Es begann in mir das, was der Christ »Einkehr«, der Psychoanalytiker »Introversion« heißt. Ich kann nicht sagen, ob dieser Weg, diese Art zu sein und zu leben, irgend besser ist als eine andere; ich weiß nur, für den Religiösen und für den Dichter ist sie notwendig, und ihnen wird es niemals, auch nicht wenn sie wollen und sich darum Mühe geben, gelingen, das zu lernen, was die neueren offiziellen Weisheitslehrer »historisch denken« heißen.

Viele Jahre lang konnte ich die Welt ihren Lauf gehen lassen und sie mich. Für mich war das, was in der Welt wichtig genommen wurde und in den Reden und Leitartikeln die große Rolle spielte, nur Oper und Getue – für die Welt hingegen war das, was ich tat und was ich ernst und heilig nahm, eine Schrulle und Spielerei. Und dabei hätte es bleiben können. Aber auf einmal war wieder die Weltgeschichte da! Auf einmal behaupteten Leitartikler, Universitätsprofessoren und Oberlehrer, jetzt sei wieder Weltgeschichte, nicht mehr Alltag, jetzt sei eine »große Zeit« angebrochen. Wir Dichter und andren Außenweltler, welche darüber die Achseln zuckten, und wir Religiösen, die wir vor dem wahnsinnigen Übermut und der grausigen Sorglosigkeit unsrer Führer warnten, wir waren jetzt nicht mehr harmlose Poeten, über die man lacht – wir waren jetzt

Vaterlandsfeinde, Defaitisten, Miesmacher und wie alle die neuen hübschen Worte hießen. Wir wurden denunziert, wir wurden auf schwarzen Listen geführt, man schlug uns in gutgesinnten Zeitungen giftige Schmähartikel um die Ohren. Im Privatleben war es nicht anders. Als ich im Frühjahr 1915 einem deutschen Freunde sagte, warum denn der Gedanke eigentlich so schrecklich sei, daß wir unter Umständen das Elsaß wieder herausgeben sollten, da ließ er mich merken, daß er persönlich mir manches verzeihe, daß ich aber mit solchen Reden bei andern meine Knochen riskieren würde.

Immer noch sprach man von der »großen Zeit«, und immer noch gelang es mir nicht, sie zu sehen. Das heißt, ich verstand wohl, warum diese Zeit den andern groß schien. Sie schien ihnen so, weil für Tausende zum erstenmal ein Stück inneres Leben aufblitzte, ein wenig Seele aufglimmte. Alte Jungfern, die vorher Möpse gefüttert hatten, konnten nun Verwundete pflegen, junge Menschen trugen ihre Haut zu Markt und empfanden dabei tiefschauernd zum erstenmal in aller Fülle, was Leben sei. Das war nicht wenig, das war etwas Großes, etwas Ungeheures – aber es war es nur für jene, die geschichtlich dachten und von großen und anderen Zeiten wußten. Für uns andre, für die Religiösen und die Dichter, die auch werktags an Gott glaubten und denen das Dasein der Seele schon zuvor bekannt war, für uns konnte die Zeit nicht größer, nicht kleiner aussehen als jede. Denn wir lebten mit unsrem Innersten und Innigsten nicht in ihr.

So geht es uns auch jetzt, wo wieder Weltgeschichte aufgeführt wird und große Oper in der Welt stattfindet. Es geschieht ja heute vieles, was wir selbst wünschten – es fielen Mächte, die wir teuflisch nannten, und es traten Männer von der Bühne ab, die wir als gefährlich und schlecht gehaßt und bekämpft hatten.

Aber es will uns trotzdem nicht gelingen, auch heute nicht, in den großen Ereignissen aufzugehen und berauscht eine neue »große Zeit« mitzuerleben. Wir spüren das Zittern der Erde, wir leiden unter den Opfern mit, wir verarmen und verhungern mit, aber wir sehen weder in diesen Leiden, noch in den roten Fahnen, neuen Republiken und Volksbegeisterungen die wahrhaft »großen« Dinge. Wir anerkennen auch jetzt nur das und leben nur das wirklich mit, was uns als wirkliche Beseelung der Geschichte, als Aufblitzen des Göttlichen erscheint. Wir hätten mit dem Kaiser, der unser Feind gewesen war, tiefe Teilnahme gefühlt, wenn es ihm gegeben gewesen wäre, auf eine große und würdige Art abzutreten. Und der junge Soldat, der im tollsten und verblendetsten Vaterlands- und Kaiserwahn sein Leben gelassen hat, ist uns unendlich viel lieber und wichtiger als der klügste demokratische Redner, der ihn einen Toren schilt. Demokratie oder Monarchie, Bundesstaat oder Staatenbund, es gilt uns gleich, denn wir fragen einzig nach dem Wie, nie nach dem Was. Und wenn ein Wahnsinniger die tollste Tat aus voller Seele begeht, so ist er uns lieber als alle Professoren, welche vermutlich jetzt mit derselben Biegsamkeit zum neuen Regime übergehen, mit der sie vorher vor Fürsten und Altären sich verbeugt haben. Wir sind blinde Anhänger einer »Umwertung aller Werte« – aber diese Umwertung hat nirgends sonst zu geschehen als in unsern eigenen Herzen.

Ich höre die Stimmen derer, die in unsrer ungeschichtlichen und unpolitischen Denkart nichts sehen als die blasierte Gleichgültigkeit von »Intellektuellen«. Sie denken, wir seien Leute, denen eben alles zu Papier wird, für welche Krieg und Revolution, Tod und Leben nur noch Worte sind. Es gibt solche, gewiß. Mit uns aber haben sie nichts zu tun. Wir sind nicht Gesinnungslose. Wir kennen nicht »gute« und »schlechte« Gesinnungen, nicht rechte und linke – wir kennen aber zweierlei Menschen, und urteilen einzig danach: solche, die ihre Gesinnungen zu leben suchen, und solche, die ihre Gesinnungen nur in der Brusttasche tragen. Den deutschen Kaisertreuen, der die Umwälzung der Dinge nicht ertragen kann und sich in ritterlicher Romantik am Fuße eines Denkmals das Leben nimmt, den halten wir nicht gerade für vorbildlich, aber wir lieben und verstehen ihn, während wir den Klugen verachten, der heute den revolutionären Jargon schon ebenso gut redet wie noch gestern den altmodisch-patriotischen.

Wie Mächtiges geht jetzt vor, wie viele Herzen schlagen in diesen Tagen wieder leidenschaftlich in Hingabe und Hoffnung! Wie Großes kann jetzt geschehen! Wir Sonderlinge und Wüstenprediger stehen nicht abseits, sind nicht gleichgültig, fühlen uns nicht erhaben – aber wir halten für »groß« immer nur das, was in Menschenseelen vor sich geht. Die Umbekehrung vom Kaiserglauben zum demokratischen Glauben ist für uns nur ein Flaggenwechsel. Möchte sie bei vielen Tausenden mehr sein als das!

Das Ende des vierjährigen Krieges, das dieser Tage mit dem Waffenstillstand im Westen eintrat, ist nirgends gefeiert worden. Hüben feierte man den Sturz des Despotismus, drüben den Sieg. Die Tatsache, daß von einer gewissen Stunde an die ganze unsinnige Schießerei nach vier Schreckensjahren aufgehört hat, die hat eigentlich niemanden aufgeregt. Merkwürdige Welt! Um wieviel kleinere Dinge schlägt man jetzt wieder Fensterscheiben und auch Menschenschädel ein!

(1918)

Der Weg der Liebe

Wem es gut geht, der kann manches tun, was überflüssig und töricht ist. Wo das Behagen aufhört und die Not beginnt, da setzt die Erziehung ein, die das Leben uns geben will.

Wenn ein unartiges Kind sich gegen Strafe und Besserung sträubt, weil andre Kinder ebenso unartig seien, so lächeln wir und haben die Antwort schnell bereit. Aber ebenso wie das unartige Kind haben wir Deutsche den ganzen traurigen Krieg hindurch uns immer wieder darauf berufen, daß unsre Feinde zum mindesten nicht besser seien als wir. War von Eroberungslust die Rede, so wies man auf Englands Kolonien hin. Sprach man von persönlichem Regiment, so hieß es, Wilson regiere viel unumschränkter als irgendein deutscher Fürst. Und so weiter.

Die Not hat begonnen. Möge nun auch die Erziehung beginnen! Es geht uns Deutschen heute überaus schlecht, wir wissen noch nicht, ob und wie wir morgen leben werden. Und gerade jetzt ist die Versuchung zu unnützen Gebärden und Gefühlen groß. Man liest Briefe und Gedichte, Artikel und Anregungen, welche auf alle üblen Instinkte spekulieren, die im bestraften Kind sich gerne regen. Man beginnt da und dort auch schon wieder »historisch« (das heißt unmenschlich) zu denken. Man vergleicht unsre heutige Lage mit der Lage, in die wir Frankreich im Jahr 1870 gebracht hatten, und zieht dieselben Schlüsse draus: Zähne zusammenbeißen, das Unabwendbare ertragen, im Herzen aber Rache brüten und das Unglück später einmal wiedergutmachen!

Als vor vier Jahren deutsche Soldaten im frohen Übermut des Kriegsbeginns an ihre Kasernentore schrieben: » Hier werden noch Kriegserklärungen entgegengenommen «, da durften wir, die anders dachten, nichts sagen. Jeder von uns hat jedes Wort der Menschlichkeit, der Warnung und der ernsten Zukunftsgedanken mit Schmähung und Verdächtigung, mit Verfolgung und Freundschaftskündigungen bezahlen müssen.

Das wollen wir nun nicht wieder beginnen. Es hat sich gezeigt, daß unsre Psychologie falsch war, daß wir zu Kriegsbeginn Gebärden und Worte vollführt hatten, deren Quelle nicht wahrer Wille, sondern Hysterie war. Gewiß, es war bei den »andern« genau ebenso, und die Schmähungen des Feindes bis in seine edelsten übernationalen Leistungen und Eigenschaften hinein waren bei einigen unsrer Feinde ebenso schlimm wie bei uns, und es waren auch dort die üblen »Führer« des Volkes, die sich hysterisch benahmen und unverantwortliche Dinge sagten.

Aber gerade das Sichberufen darauf, daß es ja der Feind auch nicht besser mache, muß nun endlich bei uns aufhören. Wenn heute General Foch eine ähnliche Härte zeigt, wie sie unser tüchtiger General Hoffmann einst in Brest-Litowsk zeigte, so ist es nicht an uns und kleidet uns schlecht, wenn wir ihn anbellen. Er benimmt sich als Sieger, wie wir uns damals als Sieger benahmen. Heute sind wir nicht Sieger. Unsre Rolle ist eine andre. Und ob es uns weiter in der Welt zu leben und zu gedeihen glückt, das hängt einzig und allein davon ab, wieweit wir unsre Rolle erkennen, wieweit wir ernst und bereit genug sind, die Folgen unsrer Lage auf uns zu nehmen.

Die Not hat unser Volk dazu gebracht, sich seiner alten Führer zu entledigen und sich für selbstherrlich zu erklären. Das war eine Tat aus der fruchtbaren Tiefe des Unbewußten, woher jede wahre Tat kommt. Es war die Gebärde eines Erwachens aus tiefen Täuschungen. Es war ein Bruch mit Überkommenem, Verkalktem. Es war ein erstes Aufdämmern der Erkenntnis: »Da es mit den nationalen Idealen unsrer alten Führer ein Schwindel war – ist nicht Menschlichkeit, Vernunft, guter Wille der bessere Weg?«

Unser Herz hat Ja dazu gerufen. Die »heiligsten Güter« der alten Zeiten sind uns plötzlich abhanden gekommen, wir warfen sie weg, weil wir sahen, daß sie nur bemalte Theaterkleinodien waren. Dabei müssen wir nun bleiben. Wir haben den schwersten Weg betreten, den ein Mensch – und gar ein Volk! – gehen kann: den Weg der Aufrichtigkeit, den Weg der Liebe. Gehen wir diesen Weg zu Ende, dann haben wir gewonnen. Dann ist dieser lange Krieg und diese schmerzliche Niederlage unser gutes, verdientes, zu Wert und Zukunft verwandeltes Schicksal geworden, unser Besitz und Stolz, nicht mehr unsre Krankheit und Wunde.

Der Weg der Liebe ist darum so schwer zu gehen, weil in der Welt an Liebe wenig geglaubt wird, weil sie überall auf Mißtrauen stößt. Das sehen ja auch wir

schon jetzt am Beginn unsres neuen Weges. Die Feinde sagen: Ihr habt euch unter die rote Fahne geflüchtet, weil ihr euch um die Folgen eurer Taten drücken wollt! – Es gilt nun aber nicht, dem Feind unsre Aufrichtigkeit mit Worten zu beweisen. Es gilt, ihn langsam und unwiderstehlich durch Wahrhaftigkeit und Liebe zu gewinnen. Alle guten Gedanken von Menschheit und Völkerbund, von brüderlicher gemeinsamer Arbeit aller Völker, von Verzicht auf Machtzuwachs – all das, wovon bei uns und bei den Feinden viel geredet worden ist, zum Teil ohne vollen Ernst, das muß unser voller Ernst und Wille sein und bleiben. Wir haben die Rolle und Aufgabe des Besiegten. Diese Aufgabe ist die uralte, heilige Aufgabe jedes Unglücklichen auf Erden: sein Los ertragen, und nicht nur ertragen, sondern es ganz in sich aufnehmen, sich mit ihm eins machen, es verstehen – bis das Unglück nicht mehr als ein fremdes, aus fernen Wolken über uns herabgehageltes Schicksal empfunden wird, sondern uns gehört, unser Wesen durchdringt, unsre Gedanken leitet.

Vor allem hindert viele von uns an diesem Einswerden mit dem Schicksal (welches das einzige Überwinden des Schicksals ist) eine falsche Scham. Wir sind gewohnt, etwas von uns zu verlangen, was von Natur in keinem Menschen ist: Heroismus! Während man siegt, sieht der Heroismus auch ganz hübsch aus. Sobald man unterliegt und Kräfte braucht, seiner Lage bewußt und Herr zu werden, dann zeigt sich der Heroismus als eine feindliche, gefährliche, lähmende Macht

– dann zeigt er sich als der Moloch, der er ist. Er, der uns soviel Tausende von Brüdern gekostet hat, er, der die Welt nun jahrelang wie ein wahnsinniger Gott regiert hat, er darf nicht mehr unser Ideal und Führer sein!

Nein, wir müssen den begonnenen Weg, den schweren einsamen Weg der Aufrichtigkeit und Liebe, weiter und zu Ende gehen. Denn wir wollen und dürfen nicht wieder werden, was wir einmal waren: ein mächtiges Volk mit viel Geld und viel Kanonen, regiert von Geld und von Kanonen. Auch wenn wir auf diesem Weg die ganze alte Macht und die Weltherrschaft dazu erreichen könnten, wir dürfen ihn doch nicht gehen, auch nicht mit ihm liebäugeln. Sonst schlagen wir allem ins Gesicht, was wir aus tiefster Not und verzweifelter Selbsterkenntnis in diesen letzten Wochen getan und begonnen haben. Wenn unsre Revolution nichts war als ein Versuch, auf anderem Wege vielleicht wohlfeiler zu entkommen, uns um ein Stück Schicksal zu drücken, dann taugt diese Revolution nichts.

Aber das kann ja nicht sein! Nein, diese herrliche, ungewollte, machtvoll plötzliche Bewegung ist nicht aus Klugheiten und Berechnungen geflossen, sie kam aus dem Herzen, aus Millionen Herzen. Möge nun, was aus dem Herzen kam, herzlich und wahrhaftig fortgeführt werden! Widerstehen wir der Versuchung zu allen effektvollen, theaterhaften, hysterischen Heroismen, spielen wir nicht die Trotzigen, zu Unrecht Gezüchtigten, und halten wir uns namentlich nicht daran, daß wir denen, die jetzt unsre Richter spielen, das Recht dazu aberkennen! Ob unsre Feinde dieses furchtbaren Rechtes würdig sind oder nicht, das ist für uns von gar keiner Bedeutung. Schicksal kommt von Gott, und wenn wir nicht lernen, es als göttlich, als heilig und weise anzuerkennen, wenn wir es nicht lieben und erfüllen lernen, dann sind wir unterlegen. Dann sind wir nicht mehr edle Besiegte, die das Unabänderliche zu tragen wissen, sondern schmählich Liegengebliebene.

Aufrichtigkeit ist eine gute Sache, aber sie ist wertlos ohne die Liebe. Liebe heißt jede Überlegenheit, jedes Verstehenkönnen, jedes Lächelnkönnen im Schmerz. Liebe zu uns selbst und unsrem Schicksal, herzliches Einverstandensein mit dem, was das Unerforschliche mit uns will und plant, auch wo wir es noch nicht übersehen und verstehen können – das ist unser Ziel. Möglich, daß die Völker Rußlands und Österreichs den Weg später mit uns gemeinsam gehen werden – für heute brauchen wir nichts als den Willen und Entschluß, unsern begonnenen Weg fortzusetzen.

Und aus dem Willen, unser Schicksal zu erfüllen, dem Neuen offen und bereit zu stehen, aus dem Vertrauen in die einfache Beredsamkeit unsrer Not, unsres leidenden Menschentums, werden hundert andre, neue Kräfte wachsen. Wer einmal das Ganze eines Schicksals auf sich genommen hat, dem wird das Auge heller für das einzelne. Der »gute Wille«, den die alte selige Verheißung meint, wird unsern Armen die Armut tragen helfen, wird unsern Industriellen helfen, den Weg vom egoistischen Kapitalismus zum selbstlosen Verwalten menschlicher Arbeit zu finden. Dieser Wille wird unsre künftigen Gesandten im Auslande fähig machen, statt der alten verlogenen Betriebsamkeit eine neue würdige Vertretung unsres Gesamtwillens zu leisten. Er wird aus unsern Dichtern und Künstlern und aus all unsrer Arbeit sprechen, und wird still und langsam, aber eindringlich uns das erobern, was wir der Welt gegenüber verloren haben: das Vertrauen und die Liebe.

(1918)

Schlechte Gedichte

Als ich etwa zehn Jahre alt war, lasen wir eines Tages in der Schule ein Gedicht, ich glaube es hieß »Speckbachers Söhnlein«. Es erzählte von einem heldenhaften kleinen Knaben, der mitten im Kugelregen einer Schlacht mitfocht und für die Großen Kugeln auflas und ein bedeutender Held war. Wir Buben waren begeistert, und als uns der Lehrer, mit einem Beiklang von Ironie, nachher fragte »War das nun ein gutes Gedicht?«, da riefen wir alle heftig »Ja«. Er aber schüttelte lächelnd den Kopf und sagte: »Nein, es ist ein schlechtes Gedicht.« Er hatte recht, das Gedicht war nach den Regeln und dem Geschmack unserer Zeit und Kunst nicht gut, nicht fein, nicht echt, es war ein Machwerk. Trotzdem hatte es uns Knaben mit einer herrlichen Welle von Begeisterung erfüllt.

Zehn Jahre später, im Alter von zwanzig Jahren, hätte ich mich ohne weiteres von jedem Gedichte getraut nach dem ersten Lesen zu sagen, ob es ein gutes oder ein schlechtes sei. Nichts war einfacher. Ein Blick, das halblaute Sprechen zweier Verszeilen genügte.

Inzwischen sind wieder zweimal zehn Jahre vergangen, und mir sind so viele Gedichte durch die Hände und an den Augen vorübergegangen – und heute nun bin ich wieder ganz im unklaren darüber, ob ich einem Gedicht, das man mir zeigt, Wert zusprechen soll oder nicht. Es werden mir oft Gedichte gezeigt, meist solche von jungen Menschen, die ein »Urteil« darüber haben und einen Verleger dafür finden wollen. Und immer sind die jungen Dichter erstaunt und enttäuscht, wenn sie sehen, daß dieser ältere Kollege Hesse, dem sie doch Erfahrung zugetraut hatten, gar keine Erfahrung hat, sondern unschlüssig in den Gedichten blättert und über ihren Wert sich nichts zu sagen getraut. Was ich als Zwanzigjähriger in zwei Minuten mit dem Gefühl voller Sicherheit vollbracht hätte, das ist jetzt schwierig, vielmehr nicht schwierig, sondern unmöglich geworden. (Übrigens, »Erfahrung«, das ist auch so ein Ding, von dem man in der Jugend meinte, es müsse mit den Jahren ganz von selber kommen. Aber es kommt nicht von selber. Es gibt Leute, die sind für die Erfahrung begabt, die haben Erfahrung, und sie haben sie schon von der Schulbank, wenn nicht vom Mutterleibe an – und dann gibt es andere, zu denen auch ich gehöre, die können vierzig oder sechzig oder hundert Jahre leben und schließlich sterben, ohne recht gelernt und begriffen zu haben, was »Erfahrung« nun eigentlich sei.)

Meine Sicherheit im Beurteilen von Gedichten, wie ich sie mit zwanzig Jahren hatte, beruhte darauf, daß ich damals eine Anzahl von Gedichten und Dichtern so stark und fast ausschließlich liebte, daß ich jedes Buch und Gedicht sofort mit ihnen verglich. War es ihnen ähnlich, so war es gut, andernfalls zog ich seinen Wert in Zweifel.

Heute habe ich ebenfalls meine paar Dichter, die ich besonders liebe, und einige davon sind sogar noch dieselben wie damals. Aber heute bin ich gerade gegen die Gedichte am meisten mißtrauisch, die mich im Klang sofort an einen dieser Dichter mahnen.

Ich will indessen nicht von Dichtern und Gedichten im allgemeinen reden, sondern nur von »schlechten«, nämlich von solchen, die so ziemlich jedermann, außer dem Dichter selbst, ohne weiteres für mäßig, für geringwertig, für entbehrlich ansieht. Ich habe im Laufe der Zeit nicht wenige hundert von solchen Gedichten gelesen, und einst, in jüngeren Jahren, wußte ich genau, daß sie schlecht waren, und warum sie schlecht waren. Heute aber bin ich dessen nicht mehr so recht sicher. Auch diese Sicherheit, auch dieses Wissen hat sich mir, wie jede Gewohnheit und jedes Wissen, irgendeinmal in einem zweifelhaften Licht gezeigt, es war auf einmal langweilig, trocken, unerlebt, hatte Lücken, es rebellierte in mir dagegen, und allmählich war es kein Wissen mehr, sondern eine überlebte Sache, etwas, was hinter mir lag und dessen einstigen Wert man nimmer begriff.

Jetzt geht es mir mit Gedichten oft so, daß ich gerade bei unzweifelhaft »schlechten« eine Lust verspüre, sie zu billigen, ja zu rühmen, während die guten, ja die besten mir oft verdächtig scheinen. Es ist das gleiche Gefühl, das man zuzeiten einem Professor oder einem Oberamtmann und einem Irrsinnigen gegenüber haben kann: Für gewöhnlich weiß man genau und ist tief davon überzeugt, daß der Herr Beamte ein einwandfreier Bürger, ein gerechtfertigtes Kind Gottes, ein richtig numeriertes Staatsglied und ein nützliches und anerkennenswertes Mitglied der Menschheit ist, während der Irre eben ein armer Kerl ist, ein unglücklicher Kranker, den man duldet, den man bedauert, der aber keinen

Wert hat. Aber dann kommen Tage oder doch Stunden, etwa wenn man ungewöhnlich viel mit Professoren oder mit Irren verkehrt hat, wo plötzlich das Gegenteil wahr ist: dann sieht man in dem Irren einen stillen, in sich sicheren Glücklichen, einen Weisen, unabhängig vom äußeren Leben, charaktervoll in sich selbst und seinem Glauben von sich selbst begnügt – der Professor oder Oberamtmann aber scheint einem entbehrlich, von mäßigem Charakter, eine Schachfigur, von welcher zwölf aufs Dutzend gehen.

Also ähnlich ergeht es mir zuweilen mit schlechten Gedichten. Sie scheinen mir plötzlich nimmer schlecht, sie haben plötzlich einen Duft, gerade ihre Schwächen und sichtlichen Fehler sind rührend, sind originell, sind lieb und entzückend, und daneben wird das schönste Gedicht, das man sonst liebte, ein wenig blaß und schabloniert.

Bei einem Teil unserer jüngsten Dichter sehen wir übrigens etwas ganz Ähnliches am Werk: sie machen, grundsätzlich, keine »guten« Gedichte mehr. Wenn einer von ihnen, der noch aus der alten Zeit her Erinnerungen hat, etwa Werfel, zuweilen sich vergißt und seine Worte prachtvoll im alten klassischen Faltenwurf hinrollen läßt, dann wird man seltsam mißtrauisch. Jene Jüngsten, welche solche Entgleisungen nicht mehr kennen, finden geradezu, es gäbe schöne Gedichte genug, und sie seien keineswegs dazu geboren und in die Welt gesetzt, noch weitere hübsche Verse anzufertigen und ein von früheren Generationen begonnenes Geduldspiel weiterzuspielen. Sie haben damit ungeheuer recht, und ihre Gedichte klingen auch manchmal genauso rührend, wie man es sonst nur bei den »schlechten« Gedichten fand.

Der Grund ist ja leicht zu finden. Ein Gedicht ist in seinem Entstehen etwas ganz Eindeutiges. Es ist eine Entladung, ein Ruf, ein Schrei, ein Seufzer, eine Gebärde, mit welcher die Seele sich einer Wallung zu erwehren oder sich ihrer bewußt zu werden sucht. In dieser ersten, ursprünglichsten, wichtigsten Funktion ist überhaupt kein Gedicht beurteilbar. Es spricht ja lediglich zum Dichter selbst, ist sein Schrei, sein Traum, sein Umsichschlagen, sein Lächeln. Wer wollte die nächtlichen Träume der Menschen auf ihren ästhetischen Wert, und unsere Handbewegungen, Schritte und Gebärden auf ihre Zweckmäßigkeit hin beurteilen?! Das Wickelkind, das den Daumen in den Mund steckt, tut ebenso klug und richtig wie der Autor, der am Federstiele nagt, oder der Pfau, der seinen Schweif ausbreitet. Keiner von ihnen tut besser als der andere, keiner hat mehr recht, keiner weniger.

Manchmal gelingt es nun, daß ein Gedicht außer dem, daß es den Dichter befreit, auch noch andere freuen oder bewegen kann – daß es schön ist. Vermutlich ist es dann der Fall, wenn das, was es ausdrückt, etwas vielen Menschen Gemeinsames, bei allen Mögliches ist; aber gewiß ist das nicht.

Hier nun beginnt ein bedenklicher circulus vitiosus! Weil »schöne« Gedichte den Dichter beliebt machen, darum kommen nun wieder eine Menge von Gedichten zur Welt, welche nur schön sein wollen, die gar nichts mehr wissen von der ursprünglichen, urweltlichen, heilig-unschuldigen Funktion des Gedichtes. Diese Gedichte sind nicht mehr Träume oder Schreie einer Seele, Explosion einer Qual, eines Glücks, gestammelte Wunschbilder und Zauberformeln, Gebärde eines Weisen oder Grimasse eines Irren – sie sind bloß noch Pralinees für das Publikum. Sie sind gemacht worden, um verkauft und von den Käufern zur Erheiterung, zur Erhebung oder zu was immer, genossen zu werden. Und gerade diese Art Gedichte findet Beifall. Denn in sie muß man sich nicht gewaltsam und ernsthaft hineinversetzen, mit ihnen wird man nicht gequält, erschüttert, sondern man kann ihre schönen, maßvollen Schwingungen bequem und ohne Schaden mitschwingen.

Die »schönen« Gedichte sind also, um das vorige Gleichnis zu wiederholen, die Professoren und Oberamtmänner. Die schlechten aber sind die Irrsinnigen. Und manchmal, wenn einem die korrekte Welt zuwider ist, dann hat man die Neigung, Laternen einzuschlagen und Tempel anzuzünden, und die »schönen« Gedichte bis zu den heiligen Klassikern hinauf schmekken an solchen Tagen alle ein wenig wie zensuriert, wie kastriert, wie allzu gebilligt, allzu zahm, allzu tantenhaft. Dann wendet man sich zu den schlechten. Dann ist einem überhaupt keines schlecht genug.

Aber auch hier lauert Enttäuschung. Das Lesen schlechter Gedichte ist ein überaus kurzfristiger Genuß, man kann ihn nicht lange ausdehnen. Aber wozu lesen? Kann nicht jedermann selber schlechte Gedichte machen? – Man tue es, und man wird sehen, daß das Machen schlechter Gedichte noch viel beglückender ist als sogar das Lesen der allerschönsten.

(1918)

Gespräch mit einem Ofen

Er stellte sich mir vor: dick, breit, das große Maul voll Feuer.

»Ich heiße Franklin«, sagte er.

»Bist du Benjamin Franklin?« fragte ich.

»Nein, nur Franklin. Oder Francolino. Ich bin ein italienischer Ofen, eine vorzügliche Erfindung. Ich wärme zwar nicht besonders –«

»Ja«, sagte ich, »das ist mir bekannt. Alle Öfen mit schönen Namen sind vorzügliche Erfindungen, heizen aber mäßig. Ich liebe sie sehr, sie verdienen Bewunderung. Aber sage, Franklin, wie kommt das, daß ein italienischer Ofen einen amerikanischen Namen hat? Ist das nicht sonderbar?«

»Sonderbar? Nein, das ist eines der geheimen Gesetze, weißt du. Ein geheimes Gesetz der Beziehungen und Ergänzungen, die Natur ist ja voll von solchen Gesetzen. Die feigen Völker haben Volkslieder, in denen der Mut verherrlicht wird. Die lieblosen Völker haben Theaterstücke, in denen die Liebe verherrlicht wird. So ist es auch mit uns, mit uns Öfen. Ein italienischer Ofen heißt meistens amerikanisch, so wie ein deutscher Ofen meistens griechisch heißt. Sie sind deutsch, und glaube mir, sie wärmen um nichts besser als ich, aber sie heißen Heureka oder Phönix oder Hektors Abschied. Es weckt große Erinnerungen. So heiße auch ich Franklin. Ich bin ein Ofen, aber ich könnte, nach manchen Kennzeichen, ebensogut ein Staatsmann sein. Ich habe einen großen Mund, verbrauche viel, wärme wenig, speie Rauch durch ein Rohr, trage einen guten Namen und wecke große Erinnerungen. So ist das mit mir.«

»Gewiß«, sagte ich, »ich habe die größte Achtung vor Ihnen. Da Sie ein italienischer Ofen sind, kann man gewiß auch Kastanien in Ihnen braten?«

»Man kann es, gewiß. Es ist ein Zeitvertreib. Viele lieben das. Manche machen auch Verse, oder spielen Schach. Gewiß kann man auch Kastanien in mir braten, warum nicht? Sie verbrennen zwar, aber der Zeitvertreib ist da. Die Menschen lieben den Zeitvertreib, und ich bin Menschenwerk. Wir tun eben unsre Pflicht, wir Denkmäler, nicht mehr nicht weniger.«

»Warten Sie! ›Denkmäler‹ – sagen Sie? Betrachten Sie sich als ein Denkmal?«

»Aber ja. Wir alle sind Denkmäler. Wir Erzeugnisse der Industrie sind alle Denkmäler einer menschlichen Eigenschaft oder Tugend, einer Eigenschaft, welche in der Natur selten ist und in höherer Ausbildung sich nur beim Menschen findet.«

»Welche Eigenschaft ist das, bitte?«

»Der Sinn für das Unzweckmäßige. Ich bin, neben vielem anderem, ein Denkmal dieses Sinnes. Ich heiße Franklin, ich bin ein Ofen, ich habe einen großen Mund, der das Holz frißt, und ein großes Rohr, durch welches die Wärme den raschesten Weg ins Freie findet. Ich habe auch Ornamente, und ich habe zwei Klappen, die man öffnen und schließen kann. Auch dies ist ein hübscher Zeitvertreib. Man kann damit spielen, wie mit einer Flöte.«

»Sie entzücken mich, Franklin. Sie sind der klügste Ofen, den ich je gesehen habe. Aber wie ist das nun: sind Sie nun eigentlich ein Ofen oder ein Denkmal?«

»Wieviel Sie fragen! Ist es Ihnen nicht bekannt, daß der Mensch das einzige Wesen ist, das den Dingen einen ›Sinn‹ beilegt? Für die ganze Natur ist die Eiche eine Eiche, der Wind ein Wind, das Feuer ein Feuer. Für den Menschen aber ist alles anders, ist alles sinnvoll, alles beziehungsvoll! Alles wird ihm heilig, alles Symbol. Ein Totschlag ist eine Heldentat, eine Seuche ist Gottes Finger, ein Krieg ist Evolution. Wie sollte da ein Ofen nur ein Ofen sein können?! Nein, auch er ist Symbol, er ist Denkmal, er ist Verkünder. Darum liebt man ihn, darum zollt man ihm Achtung. Darum hat er Ornamente und Klappen. Darum sieht er in dem bißchen Heizen nicht seine einzige Bestimmung. Darum heißt er Franklin.«

(1919)

Vom Bücherlesen

Es ist ein eingeborenes Bedürfnis unseres Geistes, Typen aufzustellen und die Menschheit nach ihnen einzuteilen. Von den »Charakteren« des Theophrast und den vier Temperamenten unserer Großväter bis in die modernste Psychologie hinein ist das Bedürfnis nach Typenordnungen zu spüren. Und auch unbewußt teilt jeder Mensch die Menschen seiner Umgebung in Typen ein, nach Ähnlichkeiten mit Charakteren, die in seiner Kindheit ihm wichtig geworden sind. So fördernd und aufschlußreich nun solche Einteilungen sind, einerlei ob sie von rein persönlicher Erfahrung ausgehen oder nach wissenschaftlicher Typenbildung streben – zuzeiten ist es recht gut und fruchtbar, den Querschnitt durch das Reich der Erfahrung auch einmal anders zu legen und festzustellen, daß jeder Mensch Züge von jedem Typus an sich trägt und daß die diversen Charaktere und Temperamente sich, als einander ablösende Zustände, auch innerhalb einer einzelnen Persönlichkeit finden lassen.

Wenn ich im folgenden drei Typen, oder besser Stufen, von Bücherlesern aufstelle, so meine ich damit nicht, daß die Leserwelt sich in diese drei Ordnungen teile so, daß der eine dieser, der andere jener Gattung angehöre. Sondern jeder von uns gehört zeitweise zu dieser, zeitweise zu jener Gruppe.

Da ist zuerst der naive Leser. Jeder von uns liest zuzeiten naiv. Dieser Leser nimmt ein Buch zu sich wie der Essende eine Speise, er ist lediglich Nehmender, er ißt und saugt sich voll, sei es als Knabe am Indianerbuch, als Dienstmagd am Gräfinnenroman oder als Student an Schopenhauer. Dieser Leser verhält sich zum Buche nicht wie Person zu Person, sondern wie das Pferd zur Krippe, oder auch wie das Pferd zum Kutscher: das Buch führt, der Leser folgt. Das Stoffliche wird objektiv genommen, wird als Wirklichkeit anerkannt. Aber nicht nur das Stoffliche! Es gibt auch sehr gebildete, ja raffinierte Leser, namentlich von schöner Literatur, welche durchaus zur Klasse der Naiven gehören. Diese bleiben zwar am Stofflichen nicht hängen, sie schätzen einen Roman zum Beispiel nicht nach den darin vorkommenden Todesfällen oder Heiraten ein, aber sie nehmen den Dichter selbst, sie nehmen das Ästhetische am Buche völlig objektiv, sie genießen die Schwingungen des Dichters mit, sie fühlen sich in seine Stellungnahme zur Welt vollkommen ein, und übernehmen restlos die Deutungen, welche der Dichter selbst seinen Erfindungen gibt. Was den schlichten Seelen Stoff, Milieu und Handlung ist, das ist diesen kultivierten Lesern die Kunst, die Sprache, die Bildung des Dichters, seine Geistigkeit – die nehmen sie als etwas Objektives, als letzten und höchsten Wert einer Dichtung hin, ebenso wie der junge Leser Karl Mays die Taten Old Shatterhands als tatsächliche Werte, als Wirklichkeit hinnimmt.

Dieser naive Leser ist, in seinem Verhältnis zur Lektüre, überhaupt nicht Person, nicht er selbst. Er wertet die Geschehnisse eines Romans nach ihrer Spannung, ihrer Gefährlichkeit, ihrer Erotik, ihrem Glanz oder

Elend, oder er wertet statt dessen den Dichter, indem er dessen Leistung an Maßstäben einer Ästhetik mißt, die letzten Endes immer eine Konvention bleibt. Dieser Leser nimmt ohne weiteres an, ein Buch sei dazu und einzig dazu da, getreu und aufmerksam gelesen und in seinem Inhalt oder seiner Form gewürdigt zu werden. So wie ein Brot zum Essen und ein Bett zum Schlafen da ist.

Man kann aber zu allen Dingen der Welt, und so auch zum Buch, auch eine völlig andere Stellung einnehmen. Sobald der Mensch seiner Natur folgt und nicht seiner Bildung, so wird er Kind und beginnt mit den Dingen zu spielen, das Brot wird ein Berg, in den man Tunnel bohrt, und das Bett zur Höhle, zum Garten, zum Schneefeld. Etwas von dieser Kindlichkeit und diesem Spielgenie zeigt der zweite Typ von Leser. Dieser Leser schätzt weder Stoff noch Form eines Buches als seine einzigen und wichtigsten Werte. Dieser Leser weiß, wie die Kinder es wissen, daß jedes Ding zehn und hundert Bedeutungen und Sinne haben kann. Dieser Leser kann zum Beispiel einem Dichter und Philosophen zuschauen, wie er sich Mühe gibt, seine Deutung und Bewertung der Dinge sich selber und den Lesern einzureden, und kann dazu lächeln und in der scheinbaren Willkür und Freiheit des Dichters lediglich Zwang und Passivität sehen. Dieser Leser ist schon so weit, daß er weiß, was den Literaturprofessoren und Literaturkritikern meistens völlig unbekannt ist: daß es solche Dinge wie freie Wahl des Stoffes und der Form gar nicht gibt. Wo der Literaturhistoriker sagt: Schiller wählte Anno so und so diesen Stoff und entschloß sich, ihn in fünffüßigen Jamben zu bearbeiten – da weiß der Leser, daß weder der Stoff noch die Jamben dem Dichter zur freien Wahl offenstanden, und sein Vergnügen besteht darin, daß er nicht den Stoff in den Händen seines Dichters sieht, sondern den Dichter im Zwang seines Stoffes. Für diesen Standpunkt fallen die sogenannten ästhetischen Werte fast ganz dahin, und es können gerade die Entgleisungen und Unsicherheiten den allergrößten Reiz und Wert haben. Denn dieser Leser folgt dem Dichter nicht wie das Pferd dem Kutscher, sondern wie der Jäger einer Fährte, und ein plötzlich gefundener Blick in das Jenseits der scheinbaren Dichterfreiheit hinein, in des Dichters Zwang und Passivität, kann ihn mehr entzücken als alle Reize einer guten Technik und einer kultivierten Sprachkunst.

Auf diesem Wege noch eine letzte Stufe weiter finden wir den dritten und letzten Typus des Lesers. Nochmals sei betont, daß keiner von uns einem dieser Typen dauernd anzugehören braucht, daß jeder von uns heute der zweiten, morgen der dritten, übermorgen wieder der ersten Stufe angehören kann. Nun also die dritte und letzte Stufe. Sie ist anscheinend die genaue Umkehrung dessen, was man üblicherweise einen »guten Leser« nennt. Dieser dritte Leser ist so sehr Persönlichkeit, ist so sehr er selbst, daß er seiner Lektüre völlig frei gegenübersteht. Er will weder sich bilden noch sich unterhalten, er benutzt ein Buch nicht anders als jeden Gegenstand der Welt, es ist ihm lediglich Ausgangspunkt und Anregung. Es ist ihm im Grunde einerlei, was er liest. Er liest einen Philosophen nicht, um ihm zu glauben, um seine Lehre anzunehmen, auch nicht um sie zu befeinden oder zu kritisieren, er liest einen Dichter nicht, um sich die Welt von ihm deuten zu lassen. Er deutet selber. Er ist, wenn man so sagen will, völlig Kind. Er spielt mit allem – und von einem gewissen Standpunkt aus ist nichts fruchtbarer und ergiebiger, als mit allem zu spielen. Findet dieser Leser in einem Buch eine schöne Sentenz, eine Weisheit, eine Wahrheit ausgesprochen, so dreht er sie probeweise erst einmal um. Er weiß längst, daß von jeder Wahrheit auch das Gegenteil wahr ist. Er weiß längst, daß jeder geistige Standpunkt ein Pol ist, zu dem es einen gleich guten Gegenpol gibt. Er ist insofern Kind, als er das assoziative Denken hochschätzt, nur kennt er auch das andere. Und so kann dieser Leser, oder vielmehr so kann jeder von uns, in der Stunde, in der er diese Stufe einnimmt, lesen was irgend er will, einen Roman, eine Grammatik, einen Fahrplan, Schriftproben einer Drukkerei. In der Stunde, wo unsere Phantasie und Assoziationsfähigkeit auf voller Höhe ist, lesen wir ja überhaupt nicht mehr, was vor uns auf dem Papier steht, sondern schwimmen im Strom der Anregungen und Einfälle, die uns aus dem Gelesenen zukommen. Sie können aus dem Text kommen, sie können sogar nur aus den Schriftbildern entstehen. Das Inserat einer Zeitung kann zur Offenbarung werden. Es kann der beglückendste, der bejahendste Gedanke entstehen aus einem völlig gleichgültigen Wort, das man umdreht, mit dessen Buchstaben man spielt wie mit einem Mosaikspiel. Man kann das Märchen vom Rotkäppchen in diesem Zustand lesen als eine Kosmogonie oder Philosophie, oder als eine blühende erotische Dichtung. Man kann auch das »Colorado maduro« auf einer Zigarrenkiste lesen, mit den Worten, Buchstaben und Anklängen spielen, und dabei innerlich einen Gang durch alle Reiche des Wissens, der Erinnerung und des Denkens tun.

Aber, wirft man mir nun ein, – ist das noch Lesen? Ist der Mensch, der eine Seite Goethe, unbekümmert um Goethes Absichten und Meinungen, liest wie ein Inserat oder wie ein zufälliges Durcheinander von Buchstaben, überhaupt noch ein Leser? Ist nicht die Stufe des Lesers, die du als dritte und letzte nennst, die niedrigste, kindlichste, barbarischste? Wo bleibt für einen solchen Leser die Musik Hölderlins, die Leidenschaft Lenaus, der Wille Stendhals, die Weite Shakespeares?! Der Einwand ist richtig. Der Leser der dritten Stufe ist kein Leser mehr. Der Mensch, der ihr dauernd angehörte, würde bald überhaupt nichts mehr lesen, denn das Muster eines Teppichs oder die Ordnung der Steine in einem Gemäuer wäre ihm genauso viel wie die schönste Seite voll bestgeordneter Buchstaben. Das einzige Buch für ihn wäre ein Blatt mit den Buchstaben des Alphabets. So ist es: der Leser der letzten Stufe ist überhaupt kein Leser mehr. Er pfeift auf Goethe. Er braucht Shakespeare nicht. Der Leser der letzten Stufe liest überhaupt nicht mehr. Wozu Bücher? Hat er nicht die gesamte Welt in sich selbst?

Wer dauernd auf dieser Stufe stünde, würde nichts mehr lesen. Aber niemand steht dauernd auf dieser Stufe. Wer indessen diese Stufe überhaupt nicht kennt, der ist dennoch ein schlechter, ein unreifer Leser. Er weiß ja nicht, daß alle Dichtung und alle Philosophie der Welt auch in ihm selbst liegt, daß auch der größte Dichter aus keiner andern Quelle schöpfte als aus der, die jeder von uns im eigenen Wesen hat. Sei auch nur einmal im Leben eine Stunde, einen Tag lang auf der dritten Stufe, auf der des Nichtmehrlesens, so wirst du nachher (die Rückkehr ist so leicht!) ein desto besserer Leser, ein desto besserer Hörer und Deuter alles Geschriebenen sein. Sei nur ein einzigesmal auf der Stufe gestanden, wo der Stein am Wege dir ebensoviel bedeutet wie Goethe und wie Tolstoi, so wirst du nachher aus Goethe, Tolstoi und allen Dichtern unendlich mehr Wert, mehr Saft und Honig, mehr Bejahung des Lebens und deiner selbst ziehen als jemals vorher. Denn die Werke Goethes sind nicht Goethe, und die Bände Dostojewskis sind nicht Dostojewski, sie sind nur sein Versuch, sein zweifelhafter und nie zum Ziele gebrachter Versuch, die vielstimmige, vieldeutige Welt, deren Mittelpunkt er war, zu bannen.

Versuche ein einzigesmal, eine kleine Gedankenreihe, wie sie dir im Spazierengehen kommt, festzuhalten. Oder, scheinbar leichter, einen einfachen Traum, den du in der Nacht gehabt hast! Du hast geträumt, ein Mann bedrohe dich erst mit einem Stock, verleihe dir dann aber einen Orden. Aber wer war der Mann? Du besinnst dich, du findest an ihm Züge deines Freundes, deines Vaters, aber etwas an ihm ist auch anders, ist weiblich, er hatte, nicht zu sagen wie, etwas an sich, was dich an eine Schwester, an eine Geliebte erinnert. Und sein Stock, mit dem er dich bedrohte, hatte eine Krücke, die erinnert dich an den Stock, mit dem du einst deine erste Fußwanderung als Schüler gemacht hast, und da brechen hunderttausend Erinnerungen ein, und wenn du den Inhalt des einfachen Traumes festhalten und aufschreiben willst, sei es auch nur stenographisch und in Stichworten, so kannst du, ehe du nur bis zum Orden kommst, schon ein Buch voll geschrieben haben, oder zwei, oder zehn. Denn der Traum ist das Loch, durch das du in den Inhalt deiner Seele siehst, und dieser Inhalt ist die Welt, nicht mehr und nicht minder als die Welt, die ganze Welt von deiner Geburt bis heute, von Homer bis Heinrich Mann, von Japan bis Gibraltar, vom Sirius bis zur Erde, vom Rotkäppchen bis zu Bergson. – Und so wie dein Versuch, deinen Traum aufzuschreiben, sich zur Welt verhält, die dein Traum umfaßt, so verhält sich das Werk des Autors zu dem, was er sagen wollte.

Am zweiten Teil von Goethes »Faust« haben Gelehrte und Liebhaber nun bald hundert Jahre herumgedeutet, und die schönsten und dümmsten, die tiefsten und banalsten Deutungen dafür gefunden. Aber in jedem Dichterwerk ist, wenn auch verhüllter, heimlich unter der Oberfläche diese namenlose Vieldeutigkeit vorhanden, diese »Überdeterminiertheit der Symbole«, wie die neuere Psychologie sagt. Ohne sie, sei es auch nur ein einzigesmal, in ihrer unendlichen Fülle und Unausdeutbarkeit erkannt zu haben, stehst du jedem Dichter und Denker beschränkt gegenüber, nimmst für das Ganze, was ein kleiner Teil ist, glaubst an Deutungen, die kaum der Oberfläche gerecht werden.

Die Wandlungen des Lesers zwischen den drei Stufen sind, wie sich von selbst versteht, jedem Menschen auf jedem Gebiete möglich. Dieselben drei Stufen mit tausend Zwischenstufen kannst du einnehmen der Baukunst, der Malerei, der Zoologie, der Historie gegenüber. Überall wird die dritte Stufe, auf der du am meisten du selbst bist, deine Leserschaft aufheben, die Dichtung auflösen, die Kunst auflösen, die Weltgeschichte auflösen. Und doch wirst du, ohne diese Stufe ahnungsweise zu kennen, alle Bücher, alle Wissenschaften und Künste immer nur lesen wie ein Schüler eine Grammatik liest.

(1920)

Quellenangaben

Im Jahre 1920: Geschrieben im November 1917. Erstdruck unter dem Pseudonym Emil Sinclair in »Neue Zürcher Zeitung« vom 15./16. 11. 1917. Später unter dem Titel »Wenn der Krieg noch zwei Jahre dauert«.

Der Europäer: Geschrieben im Januar 1918. Erstdruck unter dem Pseudonym Emil Sinclair in »Neue Zürcher Zeitung« vom 4. und 6. 8. 1918.

Aus dem Jahre 1925: Geschrieben im Juli 1918. Erstdruck unter dem Pseudonym Emil Sinclair in »Neue Zürcher Zeitung« vom 20. 5. 1919. Später unter dem Titel »Wenn der Krieg noch fünf Jahre dauert«.

Eigensinn: Geschrieben im November 1917. Erstdruck in »Die Schweiz«, Zürich, 1918.

Sätze aus dem ›Demian‹: Geschrieben im September 1917. Erstdruck in »Vivos voco«, Bern/Leipzig, vom Januar 1920.

Die Zuflucht: Geschrieben im Dezember 1916. Erstdruck in »Marsyas«, Berlin, vom März 1917.

Aus Martins Tagebuch: Geschrieben 1918. Erstdruck in »O mein Heimatland«, Bern 1920.

Weltgeschichte: Erstdruck in »Neue Zürcher Zeitung« vom 21. 11. 1918.

Der Weg der Liebe: Geschrieben im Dezember 1918. Erstdruck in »Vossische Zeitung«, Berlin.

Schlechte Gedichte: Geschrieben im Oktober 1918. Erstdruck in »Vossische Zeitung«, Berlin, vom 27. 10. 1918.

Gespräch mit einem Ofen: Geschrieben im November 1919. Erstdruck in »Vivos voco«, Bern/Leipzig, vom Januar 1920.

Vom Bücherlesen: Geschrieben im Februar 1920. Erstdruck in »Neue Zürcher Zeitung« vom 28. 3. 1920.

Zu dieser Ausgabe

Der Text folgt der 1923 im Rascher Verlag, Zürich, erschienenen Erstausgabe in 1100 Exemplaren mit farbigen Reproduktionen von vier Aquarellen des Dichters. Sie wurde 1962, gleichfalls im Rascher Verlag, mit einem neuen Vorwort des Verfassers, jedoch nur einem Frontispiz-Aquarell des Dichters nachgedruckt. 1984 erschien als Band 839 der »Bibliothek Suhrkamp« eine Neuausgabe mit Hesses beiden Vorworten und fünf Aquarellen des Dichters. Die vorliegende Ausgabe ist die vierte. Sie wurde wieder mit Aquarell-Motiven aus der Entstehungszeit der Texte versehen.

Hermann Hesse
im Suhrkamp und im Insel Verlag
Eine Auswahl

Hermann Hesse Lesebücher
Zusammengestellt von Volker Michels

Eigensinn macht Spaß. Individuation und Anpassung. 204 Seiten. Gebunden

Die Einheit hinter den Gegensätzen. Religionen und Mythen. 207 Seiten. Gebunden

Das Leben bestehen. Krisis und Wandlung. 208 Seiten. Gebunden

Jedem Anfang wohnt ein Zauber inne. Lebensstufen. 207 Seiten. Gebunden

Mit dem Erstaunen fängt es an. Herkunft und Heimat. Natur und Kunst. 206 Seiten. Gebunden

Wer lieben kann, ist glücklich. Über die Liebe. 223 Seiten. Gebunden

Das Lied des Lebens. Die schönsten Gedichte. 240 Seiten. Gebunden

Biographien

Hugo Ball. Hermann Hesse. Sein Leben und sein Werk. st 385. 194 Seiten

NF 211/1/4.00

Ralph Freedman. Hermann Hesse. Autor der Krisis. Eine Biographie. Übersetzt von Ursula Michels-Wenz. st 3088. 540 Seiten

Hermann Hesse. Sein Leben in Bildern und Texten. Herausgegeben von Volker Michels. Vorwort von Hans Mayer. Gestaltet von Willy Fleckhaus. Autoren-Bildband. st 3218 und it 1111. 365 Seiten

Hermann Hesse. Schauplätze seines Lebens. Mit zahlreichen Fotografien. Herausgegeben von Herbert Schnierle-Lutz. it 1964. 352 Seiten

Marie Hesse. Ein Lebensbild in Briefen und Tagebüchern. Mit einem Essay von Siegfried Greiner. Lithographien von Gunter Böhmer. it 261. 261 Seiten

Gisela Kleine. Zwischen Welt und Zaubergarten. Ninon und Hermann Hesse. Ein Leben im Dialog. Mit Fotografien. st 1384. 643 Seiten

Volker Michels. Hermann Hesse. Leben und Werk im Bild. Mit dem »Kurzgefaßten Lebenslauf« von Hermann Hesse. it 36. 235 Seiten

Theodore Ziolkowski. Der Schriftsteller Hermann Hesse. Wertung und Neubewertung. Übersetzt von Ursula Michels-Wenz. 271 Seiten. Gebunden

Über Hermann Hesse

Über Hermann Hesse. Erster Band (1904-1962). Herausgegeben von Volker Michels. st 331. 473 Seiten

NF 211/2/4.00

Über Hermann Hesse. Zweiter Band (1963-1977). Herausgegeben von Volker Michels. st 332. 523 Seiten

Dank an Hermann Hesse. Reden und Aufsätze. 120 Seiten. Englische Broschur

Eugen Drewermann. Das Individuelle gegen das Normierte verteidigen. Zwei Aufsätze zu Hermann Hesse. Mit einem Nachwort von Volker Michels. st 2458. 90 Seiten

Hermann Hesse in Augenzeugenberichten. Herausgegeben von Volker Michels. st 1865. 553 Seiten

Siegfried Unseld. Begegnungen mit Hermann Hesse. st 218. 268 Seiten

Siegfried Unseld. Hermann Hesse. Werk und Wirkungsgeschichte. Mit zahlreichen Abbildungen. it 1112. 414 Seiten

Briefwechsel

Ninon Hesse. »Lieber, lieber Vogel«. Briefe an Hermann Hesse. Herausgegeben von Gisela Kleine. Mit Abbildungen. 620 Seiten. Gebunden

Hermann Hesse/Thomas Mann. Briefwechsel. Herausgegeben von Anni Carlsson und Volker Michels. Mit Fotografien und Abbildungen. 378 Seiten. Leinen

Hermann Hesse/Peter Suhrkamp. Briefwechsel 1945-1959. Herausgegeben von Siegfried Unseld. 507 Seiten. Leinen

NF 211/3/4.00